나의 어제는 글이 되었다

김주영

정 물

김금진
(한글씨)

이덕희

D N F L

차
례

김 금 진 (한 글 씨)

이 덕 희

D N F L

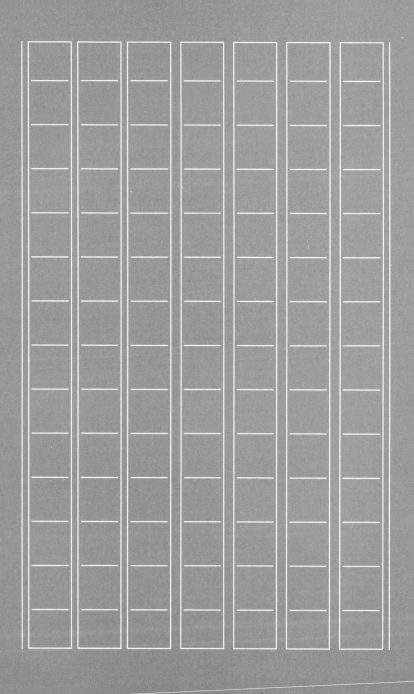

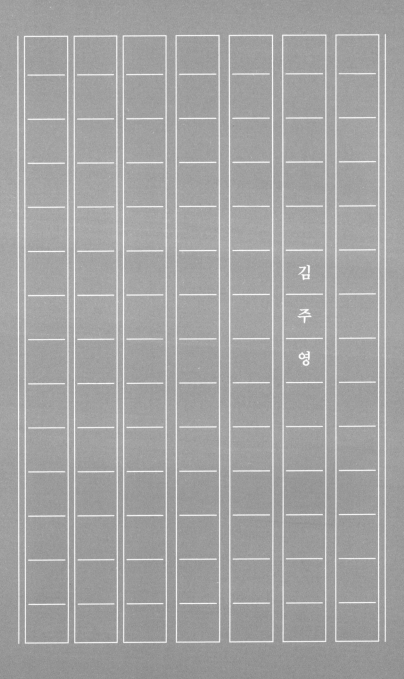

김
주
영

김주영

무엇이 되고 싶진 않고 무엇이든 되고 싶어요.
그리하여 많은 것을 보고, 생각합니다.
그 생각 흩어지지 않게 쓰면서 잡아 두려 해요.

고속도로를 달리며

언젠가 친구의 차를 타고 여행하던 중에 한밤의 고속도로를 달리며 나는 캄캄한 이 시간의 고속도로가 꼭 인생 같다고 말했다. 앞으로 가 보아야만 알 수 있고 뒤돌아 갈 수도 없는 그런 것.

돌고 도는 도돌이표

세상과 사람에게 드는 갖가지 배신감으로 마음이 아파 숱한 밤을 불면에 시달리다 보니 몸이 아프고, 몸이 아파 불면증을 술과 약의 힘을 빌려 의도치 않게 해결했더니 다시 세상과 사람에게 갖가지 배신감이 밀려오기 시작했다.

도돌이표. 인생이란.

쓸모

길을 걷다가 바닥에 버려진 민들레를 주웠다. 노란색이 선명한 민들레는 예쁘지만 초라해 보였다. 막장 드라마에서 암세포조차 생명이라고 말하는 세상에 자기 욕심을 위해 함부로 꺾어 버린 꽃을 이렇게 쓸모없다는 듯이 던져 놓다니.

인간은 때로는 참으로 무심하다.

길

몇 년 전, 혼자 여행을 떠났던 오사카에서 나는 생각을 너무 골똘히 한 나머지 엉뚱한 전철을 타고 엉뚱한 곳에 내린 적이 있다. 꽤 어두워진 시간이었지만 내게는 낯선 역의 한편에 서서 하던 생각의 결론을 내리는 것이 먼저였다. 어둡고 낯선 곳이라도 어디든 닿을 방법이 있을 거라는 생각으로, 희망으로, 확신으로.

삶은 언제나 그런 것 같다.

꽉 막혀 도저히 길이 없을 것 같다가도 분명 내가 닿을 곳을 그 길을 찾게 된다.

시간이 가진 힘

시간이 넉넉하지 못할 땐 그 바쁜 삶 중에도 풍요로운 마음을 갖고 살기 위해 채우는 것들이 많았지만, 시간에서 해방되고 나니 오히려 마음은 넉넉하지 못한 것 같다.

내 몸은 오직 지금을 살고 있는데 머릿속에선 지나간 시간을 살기도 하고 앞으로의 시간을 걱정하기도, 기대하기도 하며.

시간은 이상한 힘을 가졌다. 아쉬움과 미련이 남는 동시에 기대감과 그런 긍정적인 심정이 불러오는 적당한 염려를 하게끔 말이다.

나와 하는 약속

사람과 사람, 마음과 마음은 저마다 달라. 기준이 다르면 생각도 마음도 다르다는 걸 잘 알겠어. 애쓴다고 다 되는 게 아니라는 것을, 애쓸 필요도 없다는 것을 피부로도 느낄 나이가 되었으니까.

이젠 그 모든 것들에 애쓰지 않으려고 해.

마음 없는 사람에겐 그렇게 없는 만큼만 아쉬워하며 내려놓을 거고, 마음 있는 사람에겐 부족한 내가 할 수 있는 온갖 방법으로 내 사랑을 전할 거야.

정오에 태어난 나는

나는 정오에 태어났다. 시곗바늘이 정확히 12만을 가리켰을 때. 오전이라고 하기에도 애매하고 오후라고 하기에도 애매하지만, 분도 초도 없는 분명한 열두 시. 해가 정남쪽인 오방에 멎는다는 때. 희망곡을 듣거나 데이트하는 라디오를 들어야 할 것만 같은 정오.

태어난 시간이 정확해서 그런지 취향도 확고하다. 매사에 진심이며 거짓과 가식을 싫어한다. 올곧게 뻗은 시곗바늘처럼 정직하게 살아가고 싶었나 보다.

꼭 내가 태어난 시간처럼 살아가고 싶었나 보다.

레모네이드

내가 이 새그러운 음료를 처음 접했던 것은 중학생일 때였다. 지금처럼 브랜드 영화관이 없던 시절, 외삼촌을 따라 사촌 동생과 함께 극장에 해리포터와 마법사의 돌을 보러 갔었던 날. 극장의 이름도 기억이 난다. 연흥극장이었다. 시절이 주는 바이브란 역시 이름에서부터 시작되는가 보다.

영화 상영까지 시간이 남아 있었기에 외삼촌은 우리를 데리고 시내 중간쯤에 있는 커피숍엘 갔다. 분위기 있는 커피숍에 들어가 앉으니 나도 어른이 된 기분이었다. 하지만 메뉴판을 보면서 내가 어른이 되려면 아직 멀었다는 것을 깨달았다. 알 만한 메뉴가 없었다. 한참을 훑어보다가 레모네이드라는 메뉴가 눈에 들어왔고 왠지 멋있어 보여 그 메뉴를 주문했다.

10분쯤 흘렀을까. 내 앞에 그 음료가 놓였다. 투명한 듯하면서도 맑게 노란빛이 고운 자태였다. 얼음과 함께 레몬을 동동 띄워 주는 비주얼이었다.

가만히 보다가 빨대로 그 음료를 쭉 빨아들였다. 신세계가 펼쳐졌다. 시원하고 톡 쏘는 맛이 뭐 이런 게 다 있나 싶었다.

우리 집엔 어른들이 사놓으시는 음료수라고는 오로지 과일주 스뿐이었다. 탄산은 입에 대는 일이 거의 없었던지라 그 당시 내가 먹어본 최고의 '마실 것'이라고 할 수 있었다.

그때부터 알게 모르게 사랑에 빠졌다. 물론 그 사랑은 여전히 지속되는 중이다.

'넌 예쁜데 기쁘기까지 해. 나도 너 같은 사람이 되고 싶어' 이런 생각을 했던 기억이 난다.

밤

하루의 끝자락.

일상적인 대화, 말 한마디에 묻어 나오는 고단함은 그 어떤 색도 없고 감정도 없다.

없다는 사실이 기운 빠지게 할 때가 많다. 없다고밖에 표현이 되지 않는 무미건조한 태도가 나의 생기마저 뺏어가는 것 같다.

그러다가도. 문득.

힘을 잃은 목소리를 들으면. 그 목소리를 듣는 순간 달이라도 보게 되면, 잔잔한 바람이 내 얼굴을 스치기라도 하면. 전화 너머의 목소리를 안아 줄 능력이 있다면 있는 힘껏 안아 주고 싶다는 생각이 든다.

밤은 참 신기하다.

실타래처럼 얽히고설켰던 내 마음을 풀어 주는 친절함을 베푼다.

소리의 달리기

머리맡에서 울어대는 휴대폰의 알람 소리를 듣고 얼른 눈을 뜬다. 귀가 예민한 나의 알람은 한 번이라도 제대로 울어 본 적이 없다. 지각이라도 한 사람처럼 벌떡 일어난 나는 이부자리를 말끔히 정리해 놓고 나갈 준비를 시작한다. 무심결에 켜 놓는 아침의 뉴스, 딸각하고 커피포트를 켜는 소리, 준비됐다는 듯 물이 펄펄 끓는 소리. 하루는 방안의 다양한 소리로 시작된다. 좋은데 좋지만은 않고, 나쁜데 나쁘지만은 않은.

온갖 소음이 노출된 세상을 살아가는 우리. 그 우리 안에 갇혀 버린 나는 오늘도 소리와 함께 하루를 달리기 시작한다. 시작과 동시에 끝나고 싶은 피로 사회. 매일 같은 시간에 울기 시작하지만, 끝까지 울어 보지 못한 내 알람 소리와는 다르게 마음껏 소리 내 울고 싶어진다. 스마트폰의 슬라이드 해제처럼 일상의 우울감도 쉽게 해제되면 좋을 텐데.

그래도. 부디.

모두에게 오늘의 달리기가 무사하길 빈다.

오늘이 있어 감사할 수 있다는 마음의 소리를 들을 수 있길 소망한다.

나는 어디든지 갈 수 있지만 어디에도 갈 수 없다

나는 어디든지 갈 수 있지만 어디에도 갈 수 없다.

어떤 날에는 아말피 해변에 누워 음악을 듣는 평범하지 않으면서 평범한 일요일을 꿈꿨다. 어떤 날에는 필름 카메라로 찍어낸 듯 필터 낀 시야의 골목을 걸을 수 있는 일본을 꿈꿨고, 또 어떤 날에는 '섹스 앤 더 시티'에 푹 빠져 내 삶의 무대가 뉴욕이 되기를 꿈꿨다. 드라마 속의 캐리와 미란다가 되어 매그놀리아의 예쁜 컵케이크를, 큼직한 프레즐을 우걱우걱 씹으며 거리를 활보하고 싶었다.

그리고 지금의 나는 여기보다 어딘가에서의 한 달을 꿈꾼다.

지겹지 않을 정도만 머물며 걷고 또 걷고 내가 내딛는 만큼 생각하고 그 생각을 쓰고, 그리며. 걷다 지칠 때면 잠시 그늘을 찾아서 아무렇게나 앉아 책도 읽고 사람 구경도 하며. 나는 딱 그만큼을 원하고 있다.

어디든지 갈 수 있지만 어디에도 갈 수 없다는 말은, 자유롭지만 자유롭지 않다는 말과 같다.

우리가 만나는 파도

드라마를 보다가 한 대사가 마음을 쥐어짰다. "어릴 땐 몰라서 헤맸는데 지금은 모른 척하다가 헤매." 담담한 목소리로 말하는 주인공의 대사가 내 심장을 쿡쿡 찌르는 느낌이었다.

지금까지의 생애에도 파도는 잦았다. 파도를 만나듯 사람도 만났다.

앞으로도 그렇겠지.

인생의 서퍼가 된 우리가 할 수 있는 건 매 순간 최선을 다하는 것이다. 예상치 못했던 파도를 타게 되더라도 흐름을 따라 때로는 잔잔하게, 때로는 출렁이며.

드라마 속 두 사람의 대화는 "우리 그냥 평생 모르자. 그게 더 젊어 보여." 하고 마무리된다.

크고 작은 파도를 만나다 보면 진짜 어른이 된 나를 만날 수 있겠지. 아무렇지 않은 듯 이야기 나누던 두 사람처럼 말이다.

꼬마의 젤리

서점에서 있었던 일이다. 한 꼬마 아이가 아빠의 손을 잡고 울고 있었다. 장소도 장소였지만 아이가 울고 있는데도 왠지 모르게 평온한 느낌을 주는 그 장면에 아이가 왜 울고 있는 건지 괜히 궁금했다.

"젤리가 녹을 수도 있고 안 녹을 수도 있지~" 하고 말하는 아빠의 얼굴엔 아이를 귀여워하는 미소가 가득했다.

'아, 젤리가 녹았구나⋯.'

나는 한참을 생각했다. 너는 그 사실을 받아들이는 게 힘들고 서러워서 눈물이 났겠지.

서른 해를 살고도 몇 해를 더 살아오면서 꼬마의 녹아 버린 젤리처럼 나에게도 많은 '젤리'가 있었다. 쥐고 있는 것만으로 좋아서 두 손에 꼭 힘주고 있다가 눈 깜짝할 사이에 사라져 버리던 무수한 것들, 그때마다 젤리를 잃은 꼬마처럼 서럽게 울던 나의 모습.

그땐 우는 것 말고는 딱히 할 줄 아는 게 없었던 것 같다. 꼬마도 그랬을까. 마음 가득 차오른 상실감에 어쩔 줄을 몰라 몰래 삐져나오던 눈물을 결국 쏟아낸 걸까.

얼음

살아가는 세상이 꼭 어마어마하게 큰 얼음 조각 같다는 생각이 든다. 그래서 그 차가운 틀 안에 살아가는 사람들의 마음은 단단히도 얼어 있는 모양이다.

사람들이 뱉는 말은 얼음과자와도 같아서 먹을수록 속이 시리다. 겉만 단단해진 세상을 닮아야 한다고 쿨해져야 한다고 얼음이 되길 자청한 사람들.

그 이들의 속도 뜨겁다는 사실을 언젠가 알 수 있을까.

누군가의 따뜻한 입김이면 금방 녹아내려 제 모습을 찾을 수 있는, 알고 보면 당신도 온기가 가득한 사람이라는 것을 언젠가는 알 수 있을까.

모두의 사실은 아득해져만 간다.

노랫말처럼

흐르는 강물을 거꾸로 거슬러 오르는 연어들처럼, 나도 내 삶을 좀 거꾸로 거슬러 올라가 보았더니 한숨만.

꿈은 이루어진다?

워낙 내가 하는 것 없이 얻는 대가를 싫어하고 가만 안 있는 성격이라 로또를 맞아도 일은 하고 살 거라고 큰소리쳤었는데 요즘은 돈 많은 백수가 꿈이다.

슬럼프 극복 6단계

재개발 때문에 집과 상점을 밀어 버린 구역의 한쪽 시멘트 벽에 COFFEE라는 단어가 덩그러니 붙어 있는 것을 보았다. 한참을 서서 보고 있었다. 왜 그 모습에서 내가 보였는지 모르겠다. 황량한 사막을 보는 듯한 시선이 꼭 내 마음 같았을까.

나는 하고 싶은 게 너무 많은 사람이다. 그래서 자주 운다. 핑계 아닌 현실 때문에. 나름 채움을 위해 노력하는데도 공허한 느낌이 든다. 그게 괴롭다. 그리고 아마 지속될 괴로움.

이렇듯 피할 수 없는 사실에 직면했을 때 애써 부정하지 않고 이겨내는 나만의 극복 6단계가 있다.

1. 삶이 '좋아요'처럼 부질없다 느껴질 때가 있다.
2. 생각의 구렁에 깊이 빠져 버리면 내가 나를 형편없는 사람으로 만든다. 이때 슬럼프는 본격적으로 시작된다.
3. 눈 딱 감고, 잠시 동안은 남을 보지 말고 나를 본다. 나에게 집중하는 시간을 갖고, 나의 이야기를 듣는다.

4. 삶은 어떤 면에서도 생각보다 드라마틱하다. 나에게 존재하는 드라마를 떠올리며 효과를 제대로 받는다.

5. 다시 주변을 돌아본다. 베푸는 마음, 배우는 마음에 대해 생각한다.

6. 살아보니 고마운 게 천지다. 매일 고민하며 살아있음을 감사히 여긴다.

그렇게 다시 힘차게 오늘을 살아내 본다.

일탈은 욕심

내가 쉬고 있던 어느 날이었다. 그날엔 딱 한 번 집 밖으로 나갔다. 답답한 기분에 맥주가 필요했다.

비바람이 거센 날씨에 당황했다. 고작 맥주 때문에 내가 미쳤지 하고 혀를 끌끌 차면서 나를 비웃었다. 우산도 필요 없을 비와 바람에 날아갈 듯이 휘청거리던 내 몸, 그럼에도 불구하고 굳건하게 버티는 나를 보며 어쩐지 앞으로도 내 인생을 그렇게 버틸 수 있을 것 같다는 희망적인 생각이 들었다.

나는 늘 조급한 사람이다. 쫓기듯 살아가는 것이 버거울 때쯤에는 나름의 처방으로 일탈을 저지른다. 일탈이라고 하면 왠지 거창한 느낌이 들겠지만 어느 노래의 가사처럼 아파트 옥상에서 번지점프를 하거나, 역 안에서 스트립쇼를 하는 정도…는 아니다. 그저 일상에서 하지 않았던 무언가를 시도하는 것, 일상에서 나를 위한 노력이 더해지는 것. 내게 일탈은 곧 욕심이니까.

일탈로 인해 당장의 삶은 고단해지지만, 이후의 성취감은 두 배가 된다. 욕심은 계속해서 나를 괴롭히지만, 내 세상에서만 맛

볼 수 있는 희열을 선사한다.

누구나 일탈할 자격이 있다.

누구나 자신을 욕심부릴 권리가 있다.

상수동에서 찾은 용기

자주 가던 상수동의 한 카페에는 이런 액자가 걸려 있었어요.

돈도 없고 뭣도 없지만.

하면 된다, 뭐 이런 가훈을 걸어 놓은 집처럼. 오늘 흘린 침은 내일 흘릴 눈물, 뭐 이런 급훈을 걸어 놓은 교실처럼. 카페를 들어가자마자 보란 듯이 말이에요. 그 패기 넘치는 액자를 보자마자 홀린 듯했어요. 무척이나 마음에 들었죠.

스스로 애처로울 정도로 마음의 발버둥을 치고 있던 때 처음으로 가 보았던 그 카페 입구의 문은 저보다도 자신감이 넘쳐 보였어요. 누구에게나 어깨 너머를 보여주면서도 자신의 위치를 잊지 않고 우직하게 본분을 다했죠. 그뿐만이 아니에요. 카페에 자리한 모든 것들이 그랬어요. 알사탕같이 생긴 알록달록한 전구나 정성이 들어간 커피의 향처럼 형태가 있는 것들도, 형태가 없는 것들도 제각기 할 일을 하는 신비한 곳이었어요.

떡하니 보였던 액자 속 한 줄은 아무래도 긍정적 여운을 남길

최적의 문장이었던 것 같아요. 돈도 없고 뭣도 없지만 그래도 나는 여기에 왔다, 그래도 나는 마신다, 그래도 나는 이렇게 산다, 하고 말이죠.

카페의 기운을 받으니 자신감이 좀 생겼어요. 조금 더, 용감해지기로 했어요. 돈도 없고 뭣도 없지만 저에게는 그래도 믿을 만한 제가 있으니까요.

인간 실격

나는 평소 독서를 즐기는 편이다. 많은 책을 읽지는 못했어도 조금씩이라도 꾸준히 읽으려고 하는 느린 독서가다. 독서를 생활화하고 꽤 오랜 시간이 지났기에 좋아하는 작가나 작품도 몇 있다. 그중 하나 예를 들어 보자면 다자이 오사무의 '인간 실격'이 있다.

한번은 친구가 책을 추천해 달라고 하길래 고민 없이 인간 실격을 추천한 적이 있다. 추천한 지 얼마 되지도 않아 책을 다 읽은 친구는 내게 연락을 해 왔다.

"책을 다 읽었는데, 소주에 새우깡 먹다가 소주를 쏟아서 알코올에 젖은 새우깡을 씹는 것 같았어. 인생 쉽지 않다."

육성으로 내 웃음이 터졌다. 동시에 인간 실격을 읽고 이런 표현을 해 주는 친구가 있다니! 하며 감동했다.

친구는 내게 고맙다고 했다. 몇 년간 힘들어서 감성이 메마른 사람이었는데 최근 내 영향으로 조금 달라졌다고 한다. 나는 도리어 그게 고마웠다. 누군가에게 긍정적인 영향력을 끼칠 수 있는 사람일 수 있다는 것. 나를 발휘할 수 있다는 사실이 주눅 든 요즘의 어깨를 쫙 펴게 했다.

'인간 실격'의 마지막 문장에서처럼 모든 것은 지나간다는 것. 오늘도 마음에 새긴다.

꽃

홍대 입구에서 신촌 방향의 고가 도로 근처에 위치한 원룸 건물. '여기 장사를 하는 가게가 있다고? 말도 안 돼!' 하며 포기하고 돌아가게 할 정도로 새어 나오는 음악 소리 하나 없고, 새어 나오는 불빛 하나 없는 곳이었다. 거기서 포기하지 않고 어두컴컴한 건물로 들어가 지하로 향하는 문을 열면 한 걸음 전과 다른 세계가 열리는 신비한 쾌감을 느낄 수 있다. 정말이지 그랬다. 문을 열자마자 벽면 가득 밥 말리의 사진이 보였고, LP 특유의 사운드가 진하게 울려 퍼졌다. 쿰쿰한 냄새가 나는 듯하지만, 거부감이 들지 않았다. 오히려 '포기하지 않은 자의 용기의 대가란 바로 이런 게 아닐까' 생각하며 기분 좋게 계단을 내려가 자연스레 내가 앉을 자리를 찾았다. 그렇게 착석을 하면 자유롭게 음악을 듣고 있던 주인장이 테이블로 와서 메뉴판을 건넨다. 메뉴판도 특별하다. 마치 초등학생들이 방학 숙제로 만들어 놓은 것 같은 알록달록한 수제 메뉴판. 썼다기보다는 붓으로 그린 듯한 큼직한 글씨지만 한 면으로 끝나는 단출한 메뉴였다. 술과 마른안주. 김이라든지, 멸치라든지. 작은 그릇에 새우 과자도 담겨 나왔다. 주변이 다 똑같은 색깔로 보일 정도로 어둡지만, 마음만은 밝아지는 이곳의 베스트 메뉴는 위스키인 잭 다니엘스와 콜라를 적절한 비율로 섞은 '잭 콜'이었다. 양주에 탄산음료를 섞은 술과 짭조름한 조미김, 며느리도 모르는 맛, 고추장에 찍어 먹기 좋은 멸치. 테이블 위의 이런 조합은 마치 인디아나 존스에 홍길동이 나타난 것 같은 언밸런스로 보였지만 사실 그 자체로 사랑스러운 밸런스였다. 생각보다 위스키의 농도가 짙어 얼음을 녹여가며 천천히 마시는 찰나, 단골로 추측되는 옆 테이블의 남성분들이 "사장님 그 노래 틀어 주세요!" 하고 말했다. '그 노래'라고 말했을 뿐인데 척 알아들은 주인장은 빽빽하게 꽂힌 레코드들 사이에서 한 장의 레코드판을 꺼냈다. 드디어 '그 노래'가 나오는 순간. '어, 이 노래는?' 나는 속으로 말했다. 어떤 방해도 없이 크게 울려 퍼지는 노래, 가만히 듣다가 절정의 순간에는 너도나도 참지 못하고 따라 부르기 시작했다.

"겨울 바다로 그대와 달려가고파 파도가 숨 쉬는 곳에~!"

그 노래는 푸른 하늘의 겨울 바다였다. 이 노래가 태어난 때에 나는 고작 두 살이었지만, 음악을 찾아 듣기 시작했던 사춘기 때 푸른 하늘의 베스트 앨범을 자주 들어 알고 있었다.

밥 말리로 가득한 곳에서 푸른 하늘의 노래를 합창하다니, 테이블 위의 조합만큼이나 묘했지만 굉장한 장면이라고 생각했다. 지하의 공간에 겨울 바다가 조용한 파도를 일으키며 발밑으로 다가오는 느낌이었다. 서늘한 온도에 작은 입김이 나오던 그곳은 이내 따뜻해졌다.

아는 사람만 찾아갈 것 같던 그 술집이 여전히 찾기 어려운 곳에서 저만의 낭만을 뽐내고 있을지는 모르겠다. 오래전 일이지만 장면 하나하나를 기억하고 추억하게 해 준 그 집의 이름은 '꽃'이었다.

대학로-1

초여름의 혜화역. 나는 대학로를 걷는 것을 좋아했다. 지나치게 복작거리지도 않아 심호흡이 수월했고, 적당히 푸른 풍경이 있어 계절 위를 걷는 기분이었다.

대학로의 길은 이상한 재미가 있었다. 굴곡진 인생 같은 길을 오르락내리락 하다 보면 인생은 멀리서 보면 희극 가까이서 보면 비극이라는 말이 떠올랐다. 그래서 대학로에는 우리네 인생을 거울처럼 비춰 주는 예술가들이 많은 걸까 생각했다. 쉴 틈 없이 그런 생각을 하며 흐르다 보면 좁고 낯선 길목에 다다르는 일도 빈번했다. 나는 그럴 때마다 내가 서 있는 곳을 내려다보고, 하늘을 올려다보았다. 투박한 아스팔트 바닥을 보고 있으면 마음속에 갑갑한 아지랑이가 스멀스멀 피어올랐다. 그러다 금세 초여름의 맑은 하늘을 올려다보면 얌전한 땀이 식어가는 기분이 들었다. 미풍도 나를 들뜨게 했다.

역시 내려다보는 것보다는 올려다보는 것이 좋다. 내가 걷는 길 위에서도, 인생에서도.

대학로-2

　내가 대학로를 가는 이유가 있었다면 있었다고 할 수 있는데, 그건 바로 학림다방과 마로니에 공원이다. 학림다방은 올드한 멋을 간직하고 있는 장소였다. 경사진 계단을 걸어 올라가면 옛날의 경양식집에서 보는 것 같은 나무 문이 보이고, 그 문을 열고 들어가면 은은하면서도 확고한 커피 향과 잔잔한 클래식 음악이 먼저 반긴다. 입구 옆쪽으로 협소하지만 멋진 커피 바가 보이고, 오른편 넓은 유리창 너머로 대학로의 풍경이 펼쳐진다. 음악가들의 사진 액자가 걸린 2층 계단에 조심스럽게 발을 내디디면 들릴 듯 말듯한 삐걱거리는 소리와 함께 옅은 나무 냄새도 느껴졌다. 나는 그 자리에 앉아 비엔나커피를 마시며 책을 읽는 것을 좋아했다. 맑은 날도, 비 오는 날도, 눈 오는 날도 어울리는 곳. 학림만의 낭만. 앉아 있으면서도 그리운 느낌이 드는 장소였다.

　학림다방에서 시간을 보내고 나면 어김없이 마로니에 공원으로 향했다. 주로 사람이 많은 주말 오후에 갔는데, 그 시간의 마로니에 공원은 활발했다. 공원은 말이 없었지만, 공원 안의 사람들은 분주했다. 기쁘고, 슬프게. 각자의 기분으로 바쁜 사람들을 안은 풍경. 그곳은 내가 가 본 어떤 공원보다 사람들을 전체로 감싸 주고 있다는 기분이 들게 했다.

마로니에 공원의 포용력. 대학로가 목적지가 되는 이유였다.

마음에는 방학이 없어

한 번씩 견딜 수 없을 정도로 좋을 때는 왜 이제야 좋아졌을까, 억울한 마음이 든다.

혹시 너무 좋아진 게 아닐까, 쓸데없는 걱정이 많아진다.

그런데도 좋아해 버린다. 좋아하는 마음은 이토록 속수무책이다.

밤에 끓여 먹는 라면처럼, 참을 수 없는 더위에 마시는 아이스커피처럼. 일단 좋아하고 본다. 마음에는 방학이 없다.

두 줄 마음-1

요즘은 길을 걷다가도, 일을 하다가도 손에서 무언가를 놓치는 일이 많다.

그래서 그런가. 사람까지 놓쳐 버릴까 봐 무섭다.

두 줄 마음-2

눈에 보이는 게 전부가 아니라서
혹은 그게 전부라서 마음이 고달프다.

두 줄 마음-3
(나는 다 괜찮을 거라고 생각하는 사람들에게)

저는 그런 사람이 아니라고 생각하지 말아 주세요.

저도 그런 사람입니다.

서랍 속 이야기

한 번씩 내 방 구석구석을 들춰다 보고 싶을 때가 있다. 그런 날에는 마음먹고 대청소를 해야 한다. 샅샅이 뒤져 보고 낱낱이 파헤쳐 보다 보면 작은 방 안에 이렇게나 많은 것들이 있다고? 하며 놀랄 때가 대부분이다. 쉽게 버리지 못하는 성격 때문이다. 인물과 사물에 깃든 이야기를 좋아하고 좋았든 간에 싫었든 간에 그것들을 내내 쥐고 있으려고 하는 내 성격 때문이다. 그런 이유에서 방을 정리하다 보면 내가 굉장히 감성적인 사람이라는 사실을 깨닫는다. 마치 이유식을 먹다가 일반식을 처음 먹은 아이처럼 번뜩하고 말이다.

그날엔 서랍장 속의 물건들을 모조리 꺼내 보았다. 내 서랍장에도 층수별로 나름의 입주민들이 있다는 걸 새삼 깨달았다. 우선 첫 번째 칸에는 지갑과 통장, 여권 등 내 신분이나 금융과 관련된 것들이 있었다. 찾기 쉬운 탁월한 위치 선정이었다.

두 번째 칸은 연필과 만년필, 메모지며 노트며 문구를 사랑하는 사람답게 하지만 사랑만 한 사람답게 정리되지 않은 너저분한 모습으로 가득 차 있었다.

그리고 세 번째 칸. 거기엔 수년간 써 온 일기장들과, 좋아하던 밴드의 음반, 지금껏 내가 받았던 편지들이 있었다. 편지를 모아 둔 상자를 열어 보았다. 판도라의 상자가 열렸다. 뜻하지 않은 사람을 만났다. 한때 결혼까지 생각했던 친구가 군인 시절에 내게 보낸 편지들이었다. 옆에 있지 않았지만, 내게는 그때의 행복이 강한 기억으로 남아 있다. 집으로 돌아오면 우편함부터 보게 되고, 편지 봉투를 뜯을 때마다 내 심장이 뜯겨 나갈 듯이 멋대로 뛰는 것 같았다. 나는 그때를 짧게 떠올리며 편지를 하나하나 천천히 읽어 보았다. 그리곤 한참을 고민했다. 버릴까 말까. 결국 난 버리지 못하고 편지 상자를 서랍 깊숙이 넣어 두었다. 2년 동안 가장 설렜던 내가, 그 2년을 버리지 못하고 있었다. 아마도 그때의 시간을 정리하기보다는 기억하고 싶어서일지도 모르겠다.

친구의 맛

성인이 되어 처음으로 장례식장을 갔다. 죽음이라는 것을 그렇게 가까이서 느껴 본 적은 처음이었다. 참 좋아하던 친구였다.

텔레비전의 재연 프로그램 같은 데서 종종 들었다. 사람은 죽기 전에 안 하던 행동을 한다고. 사고가 있기 전, 평범했던 여름날이었다. 그 친구가 나에게 지금 당장 보고 싶다고 자기에게 와 줄 수 없냐고 한 적이 있다. 한 번도 그런 적이 없었는데 그날따라 떼를 썼다. 나는 그럴 수 있는 상황이 아니었기 때문에 근근이 그 친구를 달래고 곧 보자는 말을 했다. 그게 그 친구에게 한 내 마지막 인사였다.

큰 사고였다. 친구는 그 자리에서 숨을 잃어버렸다. 운전하던 불편한 자세 그대로 세상을 떠났다. 연락을 받은 나는 정신을 못 차리다가 대충 옷을 찾아 입고 달려갔다. 영정 사진 속 밝은 얼굴이 나를 보고 있었다. 늘 보던 미소를 짓고 있었지만 늘 했던 것처럼 반가운 인사를 나눌 수 없었다. 인사도 없고, 친구도 없었다. 갑작스럽게 상실을 체감하니 왈칵 눈물이 쏟아졌다. 아무것도 할 수 없었다.

나는 밤새 친구의 곁을 지키며 울었고, 다른 친구들은 안쓰러운 눈빛을 하고 내 옆을 지켰다. 물조차 마시지 않고 퉁퉁 부은 눈을 겨우 뜨고 있는 나에게 한 친구가 말했다.

"너 뭐 좀 먹자." 나는 대답하지 않았다. 정확하게는 대답하지 못했다.

"밥 먹자. 이거 저 친구가 너한테 차려 주는 마지막 밥상이야."

그 말을 들은 나는 다시금 차오르는 눈물을 억지로 삼켰다. 목구멍에 멍이 드는 느낌이 들었다. 그리고 아무 말 없이 국에다 밥을 쓱쓱 털어 넣고 천천히 먹었다. 아직 떠나지 못한 친구가 곁에서 나를 지켜보고 있을 것 같다는 생각이 들어 열심히 먹었다.

나는 아직도 그 맛을 잊지 못한다.

엄마가 해 주는 밥만큼 정겨운 맛이었다. 걱정 없는 사람처럼 해맑게 웃던 정다운 친구의 맛이었다.

To. 장국영

제가 당신에게 처음 반했던 영화는 '패왕별희'였어요. 그때가 아마 국민학생 시절쯤이었던 걸로 기억하는데(저는 국민학교로 입학해서 초등학교로 졸업했거든요) 어려서 아무것도 몰랐으면서도 작고 네모난 텔레비전 앞에 붙어 앉아 침 흘릴 정도로 집중하며 그 영화가 정말 대단하다고 생각했어요. 당신이 왜 슬픈 얼굴을 하고 있는지 이해도 못 하면서, 왜 울고 있는지 이유도 모르면서 따라 울기도 했어요.

3월이 끝나고 넘긴 달력의 4월 1일이라는 날짜를 보면 봄이라는 계절이 무색하게도 손톱 끝까지 슬퍼져요. 마음이 피곤하여 세상을 더이상 사랑할 수 없다는 말, 살아보니 그 말을 이해할 것도 같거든요.

저는 이제라도 당신이 편안히 쉬고 있기를 바라요. 사랑하는 것이 피곤하지 않을 곳에서 마음껏 사랑하며 지내기를 바라요. 매년 4월 1일. 발 없는 새가 딱 한 번 땅에 내려앉은 때. 그날이 오면 마음이 아리지만, 그 정도는 감내할게요. 당신의 짧은 삶, 제 삶에서는 영원할 거예요.

구름

아낌없이 주는 사랑을 사람이 아닌 존재에게서 느낀 적이 있다.

힘든 날이었다. 퇴근 후 집으로 돌아와 어느 때보다 빠르게 누워 버린 날. 느닷없이 눈물이 삐져나오길래 이불을 뒤집어쓰고 조용히 울었다. 나의 오늘이 서러웠다. 처량한 기분이 들었다.

바람이 빠질 대로 빠진 풍선 같은 내 기분을 알았을까, 우리 집에서 오랫동안 함께 하는 반려견 구름이는 내게 다가오더니 베개에 머리를 맞대어 누워 내 눈을 똑바로 바라보았다. 그러다 조그만 머리를 내 얼굴에 쓱쓱 비비고는 다시 눈을 쳐다보곤 했다. 몇 번을 그렇게 반복하는 구름이를 보고 나는 웃음이 났다. 내가 혼자 몰래 우는 것을 알았던 거다. 우는 나를 위로해 줄 줄도 알았던 거다.

어른들이 가끔 그랬다. 반려동물을 보며 사람보다 낫다고. 그 말에 공감 못 하는 것도 아니었지만, 그날엔 특히 공감했다.

구름이는 19년째 우리와 동거 중이다. 사람으로 치면 어르신 소리를 들을 나이가 되어 몸은 불편해졌지만, 감정 표현만큼은 어린 날의 솜뭉치 같던 구름이와 다를 바 없다.

　내 사랑 역시 아낌없이 주고만 싶은 구름이가 오래도록 우리와 함께했으면 좋겠다.

연습

'응답하라 1988'이라는 드라마를 보면서 엄마는 말씀하셨다. 저 머리를 엄마도 했었다고. 그 시절에 한참 유행하던 스타일이라 미용실에 가서 긴 머리를 싹둑 자르고 파마를 했는데 완성된 엄마의 머리를 본 내가 미용사 선생님에게 우리 엄마 머리 되돌려 놓으라고 윽박지르며 대성통곡을 했다고. 그때의 나는 한동안 엄마를 모르는 척하고 지냈다고 한다.

아이의 눈에 엄마의 머리카락은 어떤 것이었을까. 순식간에 사라져 버린 것에 적응하기 힘든 정서적으로도 어린 나이. 보이던 모습과 달라져 버린 것에 대한 불안함. 어쩌면 우리는 그렇게 어릴 적부터 마음의 성장을 위한 연습을 했는지도 모르겠다.

입덧 중의 치킨

어린 나이에 결혼해서 단칸방에서 신혼살림을 시작한 나의 부모님은 성질 급한 사랑 덕분에 딸도 일찍 얻었다. 내가 엄마 배 속에 있을 때 엄마의 입덧은 그리 심한 편은 아니었다고 한다. 형편이 여유롭지 못해서 내내 먹을 것을 요구하지도 못했던 당신이지만, 딱히 먹고 싶은 것도 없었다고 한다. 그래도 입덧 중의 이야기로 기억에 남는 게 하나 있다.

하루는 엄마가 좋아하지도 않는 치킨이 너무 먹고 싶었다고 한다. 그 시절의 치킨은 시장에서 생닭을 바로 손질해서 가마솥에 튀겨 기름종이를 간 누런 종이봉투에 넣어 주던 그야말로 시장 통닭이었다. 그게 그렇게 먹고 싶다는 엄마를 위해 아빠는 퇴근하자마자 통닭을 한 마리 사서 왔다고 한다. 퇴근한 아빠보다 통닭이 든 봉투를 반갑게 받아 든 엄마는 얼른 봉투를 펼쳐서 참 맛있게도 먹었다고 한다. 그런 엄마를 보며 아빠는 살 한 점은커녕 껍질조차 단 한 번도 손을 대지 못했다고 했다. 그 자리에서 통닭 한 마리를 순식간에 다 먹은 엄마는 부족해서 한 마리를 더

사다 달라 했다고 한다. 아빠는 당황해서 잠시 머뭇거리다가 얼른 시장으로 가서 또 한 마리를 사 왔고, 반 마리쯤을 더 먹은 후에야 엄마는 "이제 됐다." 하며 만족스러운 표정을 지었다고 한다. 엄마는 그날 이후로 프라이드 통닭을 잘 먹지 않는다고 했다. 뱃속의 나와 함께 한 마리에 반 마리를 더 먹은 날. 남은 반 마리는 아빠의 몫이었다고 한다.

겨울 아이

나는 엄마에게 무척이나 무뚝뚝한 딸이다. 엄마도 나에게 무척이나 무뚝뚝한 엄마다. 세상에 이런 모녀가 있나 싶을 정도로 무뚝뚝한 관계지만 그래도 꽤 끈끈한 사이다.

어릴 적부터 나의 부모님은 맞벌이하셨고, 그 때문에 나는 외조부모님 댁에서 자라게 되었다. 한 인간으로서 형성될 모든 것들은 엄마, 아빠가 아닌 외할아버지, 외할머니의 영향을 크게 받았다.

초등학생이 되면서 나는 이모 댁에 맡겨졌다가 다시 외조부모님 댁으로 돌아오는 일을 번복했다. 조금 크고 나서야 나의 부모님의 관계에 문제가 생겼고 그 이유로 내가 지내는 곳을 옮겨 다니게 되었다는 걸 알았다. 누가 설명해 줘서가 아니라 어린 나이에도 눈치를 채고도 모르는 척했던 것 같다. 작았지만 서서히 커지는 균열을 말이다.

그런 나에게 엄마는 일요일에나 내가 있는 곳으로 놀러 오는 존재였다. 그래서일까, 사춘기가 접어들고 중요한 시기에 엄마와 함께 지내면서도 나는 엄마가 어색했다. 친구들이 엄마와 쇼핑을 하고 차 한 잔을 하며 대화를 나누는 그런 모습을 듣고 보면서 부러우면서도 막상 엄마와 함께 있는 시간에는 어색한 기분에 입이 떨어지질 않았다. 애교는 물론이거니와 어버이날 카드에 그 흔한 사랑한다는 말조차 써 보질 못했다. 그렇게 엄마와 나는 각자의 성장을 했고, 지금 나는 그 시절의 엄마보다도 많은 나이와 경험을 가지게 되었다.

엄마의 생일날, 우리는 식구들끼리 조촐하게 파티를 했다. 그곳에서 나는 처음으로 엄마를 위해 노래를 불렀다. 겨울에 태어난 아름다운 당신은 눈처럼 깨끗한 나만의 당신. 고운 가사가 반복적인 '겨울 아이'라는 노래였다.

엄마는 가사가 나오는 화면만 뚫어져라 보고 있었고, 나도 노래가 끝날 때까지 아무 말도 하지 못했다. 떠오르는 말을 입 밖으로 내지 못하는 순간의 내가 가장 바보 같았다. 어디서나 똑 부러지게 말하고 진솔한 표현으로 사랑받는 내가 왜 가장 편안한 사람 앞에서만 딱딱한 바보가 될까?

엄마가 되기에는 너무 어린 나이에 나를 낳아 혼자 길렀던 엄마에게 부담을 주고 싶지 않아서 머리가 크면서부터 무엇이든 혼자 해결하려고 했기에 우리 사이에는 자연스럽게 대화가 없었고 표현이란 더더욱 없었다.

어려웠다. 내겐 사회생활보다 가족생활이 더 어렵게만 느껴졌다. 그래도 어렵다는 핑계를 버리고 조금씩 표현할 수 있는 딸이 되고 싶었다. 과거형이 아닌 현재진행형으로 그러고 싶다. 이 글이 나의 첫 고백이 될 수 있을지 모르겠다. 여전히 힘들지만, 글의 힘을 빌려 고백하고 싶다. 엄마, 고마워요. 오래오래 사랑해요.

나의 할아버지

지난날을 마주하는 순간의 반가움이란.

오랜만에 할머니 댁을 방문한 날이었다. 나의 역사와 관계된 것들이 가득한 그곳에서 글쓰기와 독서에 관한 상이 수두룩한 박스를 발견했다. 아, 나 이런 아이였구나.

영화 '애자'에서 애자는 말썽 피우는 데 1등인 소녀지만 공부나 글쓰기도 1등이었다. 무단결석을 하고 왜 그랬는지에 대해 담임 선생님과 엄마가 물어보면 "비 오잖아. 시 쓰러."라고 대답하는 순수하고 당돌한 캐릭터의 애자. 그 장면을 보면서 꼭 어릴 적의 내 모습 같다고 생각했다.

하고 싶어도 할 수 없는 게 많았던 시절. 그때 나의 든든한 지원군은 언제나 할아버지였다. 생전에 할아버지는 내가 쓰던 시를 좋아하셨다. 대회에 나가면 어김없이 상을 받아 오는 나를 보며 뿌듯해하셨고, 당신을 가장 닮아 있다고 많이 예뻐해 주셨다.

할아버지는 내게 너무나 큰 존재였다. 한때 부잣집 아들이었던 한량 기질 때문에 가족들에게 제멋대로고 고집불통이라는 소릴 들었어도, 내게는 할아버지만큼 대단한 사람이 없었다. 그런 할아버지가 내가 스물한 살을 겨우 넘겼을 때 갑자기 코마 상태에 빠지셨다. 받은 사랑을 보답할 기회를 주지 않고 급하게 세상을 떠나셨다.

나는 할아버지께서 여전히 어딘가에서 나를 지켜보고 계실 거라는 생각을 한다. 지금 내 마음을 담은 이 활자들도 할아버지께 날아가 다정한 벗이 되어 드렸으면 한다. 그 옛날에 그랬던 것처럼.

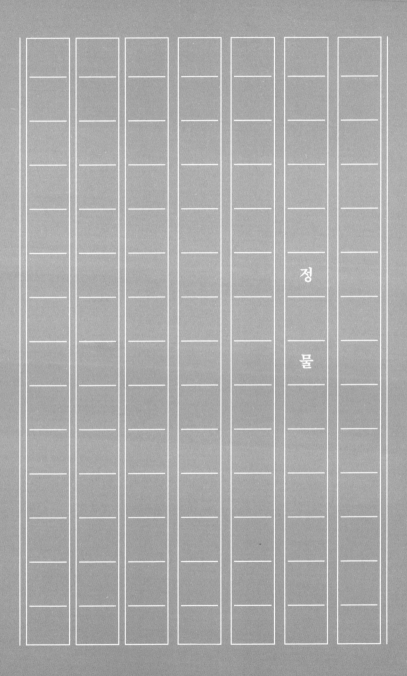

정

물

정물

화려한 미사여구도, 가슴을 울리는 명언도 없습니다.
저 혼자 생각했던 것들을 담담히 적어 낸 것뿐입니다.
앞으로도 무언가를 계속 쓸 수 있는 사람이 되고 싶습니다.

한때의 배려

장롱 속에 묵혀 둔 봄 자켓을 드디어 오늘 꺼내 입었습니다. 설레는 마음으로 소매에 팔을 넣었는데 팔이 잘 들어가지 않더군요. 확인해 보니 소매 부분에 매듭이 묶여 있었습니다. 봄이 온 줄 모르고 눈치 없이 끼어드는 꽃샘추위 찬 바람에 감기라도 걸릴까 소매까지 꼼꼼하게 여며 주던 그의 흔적이었습니다. 그대로 입을까 했지만 막상 입어 보니 소매 부분이 여간 신경 쓰이는 게 아니었습니다. 결국 갑갑해서 매듭을 풀어 버렸습니다.

'배려'라는 말의 뜻을 국어사전에서 찾아보면 '도와주거나 보살펴 주려고 마음을 씀'이라고 나와 있습니다. 그도, 나도. 서로 도와주려고 보살펴 주려고 안달 나던 때가 있었습니다. 조금이라도 아플까 봐, 힘들어 할까 봐, 상처 받을까 봐. 서로만을 바라보며 서로를 위해 마음을 쓰던 때가 있었습니다. 이 자켓의 매듭도 그런 '배려'에서 만들어진 것이겠죠. 하지만 한때의 배려가 이제는 불편함이 됐습니다.

서로에게 마음을 쓴 시간이 긴 만큼 그를 잊어버리는 데도 많은 시간이 걸릴 줄 알았습니다. 하지만 애석하게도 그를 잊는 것은 그리 어렵지 않았습니다. 그와 함께 듣던 노래도 아무렇지 않게 듣게 됐고, 그와 함께 가던 곳도 아무렇지 않게 가게 됐습니다.

그러다 이렇게 오늘처럼. 자켓을 입는 평범한 일상 속에서 불쑥 그의 흔적이 나타나면 불편하고 힘들어집니다. 단순한 감기인 줄 알고 병원에 갔는데 시한부 판정을 받은 것처럼 마음 전체가 조여 옵니다. 그렇게 그를 잊어가나 봅니다.

0초 안에

'0초 공부법'을 아시나요? 책을 무한으로 반복해서 읽어서 시험을 볼 때 문제를 보는 즉시, 0초 안에 답을 떠올릴 정도로 훈련하는 공부법이라고 합니다. 시험은 속도가 생명입니다. 정해진 시간 내에 얼마만큼 정답을 맞히는지가 합격의 성패를 가릅니다.

문제를 보고 0초 만에 답이 떠오른다, 매력적이지 않나요? 저도 시험을 준비할 때는 가끔 '시험지를 받자마자 내 눈에 답만 보였으면 좋겠다'고 느낀 적이 많았습니다.

무언가를 0초라는 순간의 시간 안에 뚝딱뚝딱 해내는 사람들, 정말 존경스럽습니다. '생활의 달인'에 나오는 달인들처럼 김밥을 순식간에 수십 개씩 말고, 기계처럼 똑같은 위치에 빠르게 구멍을 뚫고, 눈을 가리고 작업해도 익숙하게 완벽한 결과물을 만들어 내는 사람들이 주변에 많습니다. 제가 이런 사람들을 보고 혀를 내두를 때면 저의 엄마는 옆에서 무심하게 이렇게 말씀하시곤 했습니다. "저 사람들은 밥 먹고 저것만 해서 그렇지."

달인의 경지에 도달하기 위해서는 밥 먹고 그 일만 할 정도로 천고의 노력이 필요합니다. 시험 때 즉각 답이 나오기 위해서는 시험 범위의 책을 달달 외울 정도로 반복해서 읽어야 합니다. '생활의 달인'에서 순식간에 기계처럼 일을 척척 해내는 달인들의 실력 뒤에는 굳은 살과 휘어진 손가락, 굽은 등과 어깨와 같이 무한 노력의 흔적이 있습니다. '0분 0초'의 미학은 그냥 얻어지는 것이 아닙니다.

하물며 상대방이 0분 0초 안에 나를 떠올리게 하기 위해서는 얼마나 많은 노력이 필요할까요. 언제나 어디서나 항상 나를 생각나게 하려면 수험생보다 더 부단한 노력이 필요할 것입니다. 계속 상대방을 아껴 주고, 원하는 것을 맞춰 주고, 때로는 뒤로 물러나 주고, 좋아하는 것을 메모해 두고 하는 등의 노력이 지속돼야 합니다. 이런 노력이 지속되면 몇 년에 한 번 생각날까 말까 하던 사람이 해가 바뀔 때 생각나고, 월말에 생각나고, 일주일에 한 번씩 보고 싶고, 그러다가 매일 만나고 싶고, 사랑하게 됩니다. '0분 0초'의 미학은 사랑에서도 그냥 얻어지는 것이 아닙니다.

새 신발

저에게는 징크스가 하나 있는데 새 신발을 신은 날이면 항상 비가 온다는 것입니다. 예쁜 새 옷이나 새 신발이 비에 홀딱 젖고 흙탕물에 더러워지는 순간에는 절로 한숨이 나옵니다.

당신을 처음 만나는 날에도 비가 왔습니다. 당신에게 잘 보이기 위해서 새 신발을 신고 당신을 만나러 간 날이 생각납니다. 당연히 비가 왔고 당신과 한 우산을 쓰고 걸어갔습니다. 한쪽 어깨가 다 젖고 새 신발이 더러워지는데도 그냥 좋았습니다. 당신이라서 좋았습니다.

새 신발은 신을 때 발이 아플 수도 있으니까 밟아 줘야 한다는 말을 들은 적이 있습니다. 당신과 저의 첫 만남은 비가 와서 아프지 않았나 봅니다. 촉촉히 내리는 비에 딱딱했던 당신과 나의 마음은 부드럽게 만져지며 녹아내렸습니다.

불편하고 어색했던 새 신발도 시간이 지나면 내 발에 익숙해지기 마련입니다. 비바람도 맞고 햇빛도 쬐면서 내 발에 편하게 변하죠. 오래 신은 신발을 벗을 때는 아프지 않는데 당신과의 이별은 왜 그렇게 아팠을까요.

커피

고3이 되기 두 달 전, 눈이 엄청 오던 날, 선배와 생애 처음으로 카페라는 곳에 갔습니다. 선배는 능숙하게 커피를 주문했고 저는 처음 온 카페가 어색해 계속 주변을 둘러봤습니다. 선배와 마주 앉아 커피를 마시는데 갑자기 선배가 이런 말을 했습니다.

"커피 양이 조금밖에 안 줄어들면 상대방에게 관심이 있는 거래."

상대방에게 관심이 있으면 그 사람의 말에 귀를 기울이고 상대방을 관찰하느라 커피를 마실 수 없어서 커피 양이 조금밖에 줄지 않는다고 하더군요. 반대로 상대방에게 관심이 없으면 잔을 빨리 비워 버린다고요.

그 이후로 카페에서 다른 사람들을 만날 때면 상대방의 잔을 관찰하는 습관이 생겼습니다. 커피의 양이 얼마나 남았는지 보면서 그 사람이 나에게 얼마나 관심이 있는지 속으로 생각했습니다.

대부분 그 선배의 말이 맞는 경우가 많았습니다. 저에게 관심이 있던 이의 잔에는 커피 양이 줄어들 생각을 하지 않았습니다. 그렇지 않았던 사람의 경우에는 커피를 시킨 지 얼마 안 됐는데 잔이 텅 비어 있었습니다.

저도 마찬가지였습니다. 대화가 잘 됐던 사람을 만날 때는 커피에 손이 잘 안 가고 대화가 잘 안 되는 사람을 만났을 때는 속이 타는지 커피를 계속 마셨습니다. 카페에 가서 다른 사람의 잔에 남겨진 커피의 양을 관찰할 때마다 그 선배 생각이 났습니다.

눈이 엄청 오던 날, 그 카페에서 저는 고3이 되기 직전이어서 그런지 수험 생활에 대한 여러 고민을 이야기했습니다. 그때 선배가 했던 조언은 솔직히 전혀 기억이 나지 않습니다. 하지만 이것 하나는 생생하게 기억이 납니다. 자리에서 일어날 때 그 선배의 잔에는 커피가 가득 차 있었습니다.

엄마의 감자칩

엄마는 항상 월급날이 되면 감자칩을 사 왔습니다.
퇴근길 마트에 들러 감자칩 하나를 장바구니에 담아 오는데
그마저도 하루에 다 먹는 것이 아니었습니다.
조용히, 두고두고 아끼면서 몇 날 며칠을 먹는 것이었습니다.
나는 땀과 눈물에 대한 보상을
쉽게 바스라지는 심심풀이 한 봉지와 맞바꾼 것 같아서
월급날 감자칩을 사 오는 엄마를 이해하지 못했습니다.

시간이 흘러 제가 돈을 벌고 자식을 키우다 보니
저도 엄마처럼 월급날에 큰 감자칩을 사게 됐습니다.
마트에서 큰 감자칩을 사 두고두고 아껴 먹게 됐습니다.

월급날에는 제 옷보다 아이들 옷이 먼저 생각나고
아이들이 그렇게 먹고 싶다고 노래를 부르던
피자가 먼저 생각났습니다.
전쟁 같은 사회에서 한 달 동안 수고한 저 자신은

흔한 감자칩으로 달래는 것이 전부.

속으로만 삼켰던 눈물의 짠맛을 닮은 그것을 아껴 먹으며

내 노동의 대가를 소화시켰습니다.

엄마도 땀과 눈물로 얻은 보상을

자신에게가 아닌 자식에게 양보했겠죠.

겨우 한 봉지로라도 본인의 땀과 눈물을

두고두고, 조용히 위로하고 싶으셨겠죠.

당신의 마지막

당신이 세상을 떠날 때 나는 눈물을 흘리지 않겠습니다. 벌겋게 눈이 달아오르더라도, 눈가에 눈물이 맺혀도, 눈물을 목구멍으로 넘기느라 목이 메어도 꾹꾹 참으며 단 한 방울의 눈물도 보이지 않겠습니다. 매정하고 독한 년이라고 욕 먹어도 좋습니다. 마지막 가는 길까지 나는 아무런 감정도 보이지 않겠습니다.

사람이 죽음의 문턱에 다다를 때 청력을 관장하는 뇌가 조금이라도 살아 있을 수 있다고 하더군요. 당신이 만약 세상을 떠나기 직전 마지막으로 내 목소리를 들을 수 있다면 나는 울지 않을 것입니다. 그리고 당신의 귀에 조용히 속삭일 것입니다. '난 최선을 다해서 살아갈 것입니다'라고요.

나는 최선을 다해서 살아갈 것입니다. 당신이 준 소중한 인생을 후회 없이 살아갈 것입니다. 꽃다운 젊은 시절을, 창창했던 앞날을, 탱탱한 피부와 날씬한 몸매를 포기하고 준 이 소중한 저의 인생을 당신 보란 듯이 열심히 살아갈 예정입니다. 당신이 앞서 저에게 보여 준 것과 같이, 아니, 그보다 더 멋진 삶을 살아갈 것입니다.

그리고 마지막 순간 사랑한다고 말하는 나의 목소리를 당신의 뇌에 새길 것입니다. 더 이상 뛰지 않는 차가운 심장에서도 따뜻한 내 사랑이 기억되도록. 마지막 기억이 내 사랑으로 가득 차도록. 그렇게 이 생에서 당신과의 대화를 마무리하고 싶습니다.

내가 당신을 보고 우는 날은 아마 먼 훗날 우리가 다시 만나는 날이겠지요. 다시 만난다면 그때 내가 울지 않았던 것을 용서받을 수 있을까요? 당신의 품에 안겨 그때 참았던 눈물을 쏟아내고 싶습니다. 당신이 없는 동안 어떻게 지냈는지 수다도 떨고 어리광도 부리고 싶습니다.

밤에 떠나는 이유

왜 사랑하는 사람들은 밤에 떠나는 걸까요? 저는 마지막 순간까지 사랑하는 사람의 얼굴을 보고 싶은데 말이죠. 지금까지 제가 사랑했던 사람들은 모두 밤에 저와 이별했습니다.

그 중 저와 처음으로 이별한 사람의 이야기를 꺼내고자 합니다. 저의 첫 만남과 첫 이별의 주인공. 바로 저의 외할머니입니다. 저는 기억 못하지만 듣기로는 제가 만만치 않은 골칫거리였다고 합니다. 한창 여러 사람들 앞에서 조잘조잘 이야기해야 하는 나이임에도 말 한 마디 안 하는 저를 보고 부모님은 물론 마을 사람들까지 걱정을 많이 했다고 합니다. 평생 말을 못하는 건 아니냐, 병원에 가 봐야 하는 것은 아니냐 하는 말까지 나왔다고 하네요.

그럼에도 외할머니는 걱정할 필요 없다며, 내 손녀는 나중에 크게 될 거라고 하셨답니다. 뭘 믿고 그러셨는지 모르겠지만 외할머니는 말도 제대로 하지 않는 제가 책을 어떻게 읽을지 알고 성치도 않는 무릎에 저를 앉히고 매일 책을 보여 주셨습니다. 이런 외할머니의 믿음 덕분인지 몰라도 저는 적어도 글 하나로 제 입에 풀칠 정도는 할 수 있게 됐습니다.

이렇게 제가 태어났을 때부터 존재했던 외할머니가 평생 제 옆에 있을 줄 알았습니다. 하지만 외할머니와의 이별은 갑자기 찾아왔습니다. 갑작스러운 사고로 다리를 다친 외할머니는 이후로 계속 침대에만 누워 계셨습니다. 혼자 식사하는 것, 용변 보는 것조차 어려워졌습니다. 그래서 가족들이 돌아가며 외할머니를 보살폈습니다. 외할머니는 누군가의 도움이 필요할 때마다 항상 저의 이름을 부르셨습니다. 제가 오면 식사도 더 하시고 재미있는 농담도 가끔 하셨으며 억지로라도 기운을 내려고 하셨습니다.

하지만 이별이 다가오던 시점에는 저의 이름을 부르시지도, 저의 얼굴을 알아보시지도 못하셨습니다. 감정이 하나도 없는, 초점 없는 외할머니의 눈빛은 너무 낯설었습니다. 그때까지만 해도 외할머니와 영원히 이별하게 될 줄은 몰랐습니다. 그날 밤, 저는 생애 첫 이별을 경험했습니다.

이럴 줄 알았으면 외할머니가 하고 싶다고 하는 것을 더 해 드릴 걸 그랬습니다. 외할머니가 고기 반찬이 먹고 싶다고 하셨을 때 엄마 몰래 좀 더 드릴 걸 그랬습니다. 누워만 계신 뒤로 혹시 건강에 더 안 좋을까 봐 고기 반찬을 드리지 않았습니다. 고기 반찬이 먹고 싶다고 하시면 안 된다며 화를 냈었습니다. 그때 화를 내지 말고 조금이라도 맛있는 것 드시게 해 드릴 걸 그랬습니다.

이럴 줄 알았으면 외할머니와 좀 더 오래 시간을 보낼 걸 그랬습니다. 친구들과 노는 게 더 좋아서, 빨리 집에 가고 싶어서, 공부해야 한다는 핑계로 대충 외할머니를 보고 나온 적이 가끔 있었습니다. 외할머니와 오래 이야기를 나누거나 외할머니의 얼굴을 오래 보거나 하지 못했습니다.

왜 사랑하는 사람들은 밤에 떠나는 걸까, 생각해 보면 밤마다 사랑했던 사람을 떠올리라는 뜻이 아닐까요? 낮에는 일상에 치이느라 사랑했던 사람을 떠올리기 어렵습니다. 하지만 밤에는 사랑했던 사람이 떠났던 시각과 맞아떨어지면서 그 사람이 더욱 생각나죠. 오늘 밤에도 내가 처음으로 사랑했고 처음으로 가슴 아프게 이별했던 외할머니를 떠올려 봅니다.

너는 지금 행복하다고 생각해?

게의 살은 원래 액체 상태여서 물에 삶으면 모두 녹아버립니다. 찐다고 해도 바로 굳어지는 게 아니라 액체로 있다가 시간이 지나면서 식어야 살이 굳어지는 거죠. 이것을 모르고 게를 물에 삶아 버리면 텅 빈 게 껍데기만 남게 됩니다.

게를 찌는 동안 중간에 뚜껑을 열어 봐서도 안 된다네요. 그러면 몸통 속의 게장이 다리살 쪽으로 흘러들어가서 게살이 검게 변한다고 합니다. 게 한 마리를 먹기 위해서는 오랜 기다림과 지극한 정성이 필요합니다.

어느 날 저녁, 길거리를 지나다가 제 친구가 사람들 사이에서 툭 뱉은 말을 아직도 잊지 못합니다. 술 두어 병은 먹고 나서 할 법한 말을 친구는 아무렇지 않게 하더군요.

"너는 지금 행복하다고 생각해?"

이 말에 저는 아무런 대답도 할 수 없었습니다. 왜냐면 그때 저는 행복하지 않았기 때문입니다.

집에 돌아와서 잠자리에 들면서 친구의 말을 다시 곱씹어 봤습니다. 왜 나에게 행복하냐고 물어봤을까. 어쩌면 내가 지금 행복한지 궁금했던 것이 아니라 어떻게 하면 행복해질 수 있는지 알고 싶어 했던 것 아닐까. 그렇다면 어떻게 하면 행복해질 수 있을까. 고민이 꼬리에 꼬리를 물었던 밤이었습니다.

행복을 실하게 얻기 위해서도 게의 통통한 살을 얻을 때처럼 기다림이 필요하지 않을까 하는 생각이 듭니다. 내 행복은 언제 오나 조바심 낸다면 도망가버릴 지도 모릅니다. 존재하지 않는 게 아니라 아직 여물지 않았을 뿐입니다. 행복이 단단해지길, 달콤한 맛을 내길, 우리 같이 기다려 봅시다.

검정색이 만드는 빛

어린 시절, 미술 선생님이 자신이 제일 좋아하는 색은 검정색
이라고 이야기한 적이 있습니다. 보통 좋아하는 색이라고 하면 빨
간색, 파란색 등 화려하고 밝은 색을 꼽기 마련인데 어두컴컴한
검정색이라니. 왜 검정색을 좋아하는지 엄청 궁금했습니다.

당시 선생님은 검정색을 마법의 색이라고 하셨습니다. 잘못 그
린 밑그림도, 밑그림을 벗어난 색칠도, 마음에 들지 않는 부분도
다 말끔하게 가려 주는 색이라고요. 또 빛을 만들어내는 색이라
고도 하셨습니다. 그림에 검정색이 많을수록 빛을 더 밝게 표현
할 수 있다면서요.

빛을 그리려면 어둠이 있어야 합니다. 하얀 도화지에서는 그
어떤 빛도 그릴 수 없습니다. 검정색으로 어둠을 표현해야 빛을
표현할 수 있습니다. 어둠 속에서 살아난 빛은 그림에 생동감을
넣어 줍니다. 배경이 밝더라도 빛으로 만들어진 그림자가 있어야
그림 속 대상이 마치 내 눈앞에 있는 것 같은 느낌이 듭니다. 그림

을 잘 그리는 사람은 어두운 색을 잘 쓰는 사람이라는 말이 여기서 오나 봅니다.

우리의 삶이 흰 도화지였다면 빛이 보이지 않았을 것입니다. 어둠도 있기에 빛이 보이는 것이지요. 그렇다고 도화지가 검정색으로만 채워진 것도 아닐 것입니다. 어둠과 빛이 반복돼서 인생이라는 그림을 만들어냅니다. 어둠과 빛이 조화롭게 배치된 명화 속에서 우리는 하루하루를 살아갑니다.

인생이라는 그림을 잘 그리고 싶다면 어둠을 잘 다뤄야 합니다. 그림에 환한 빛이 들어올 것을 기대하면서 과감하게 어둠을 활용해야 합니다. 어두운 색만 칠할까 봐, 한번 칠하면 지워지지 않을까 겁먹을 필요 없습니다. 빛은 반드시 옵니다.

아까워서 미뤘습니다

'자살'을 거꾸로 하면 '살자'가 된다는 말을 싫어합니다. '역경'을 거꾸로 하면 '경력'이 되고 '내 힘들다'를 거꾸로 하면 '다들 힘내'가 되듯, 긍정적으로 생각을 바꾸면 어떤 시련도 이겨 낼 수 있다는 말에 공감하지 않습니다.

자신의 삶을 스스로 마감하고 싶다고 생각할 정도라면 긍정적으로 생각한다고 해결될 일이 아닙니다. 지금 내 상황이 너무 힘들고, 탈출하고 싶다. 나만 없으면 모두가 행복할 것 같고, 모든 게 해결될 것 같다. 눈을 감았다 뜨면 이 세상에 내가 없었으면 좋겠다. 그럴 정도로 자존감과 삶의 의욕은 이미 바닥이 나 있는 상태죠.

저도 예전에 그런 생각을 했었습니다. 방 안에 설치된 행거를 바라보며 스스로 생을 마감하는 위험한 상상을 했더랬죠. 인터넷으로 '안 아프게 죽는 방법', '자살하는 방법' 등을 여러 번 찾아보기도 했습니다. 한편으로는 '내가 이 방에서 혼자 죽어가는데 아무도 그 사실을 모르면 어떡하지'라는 생각도 했습니다. 지금 내 상황이 죽기보다 더 힘들어서, 차라리 죽는 게 더 낫겠다 싶었습니다. '자살'을 '살자'라고 거꾸로 생각해 볼 여유가 제 마음에는 없었던 겁니다.

그랬던 제가 지금까지 살아 있게 된 계기는 저의 싸늘한 주검을 보고 충격을 받은 부모님의 얼굴이 생각나서도 아니었고, 내 젊음이 아까워서도 아니었고, 죽을 용기가 나지 않아서도 아니었습니다. '자살을 거꾸로 하면 살자니까 긍정적으로 생각해 봐' 같은 천편일률적인 말을 들어서도 아니었습니다.

죽기 아까워서 뒤로 미루다 보니 지금까지 오게 됐습니다. 어떤 날은 퇴근길 노을이 너무 예뻐서 죽기 아깝다는 생각이 들었습니다. 또 어떤 날은 햇빛이 너무 따뜻해서, 아침 공기가 너무 상쾌해서, 떡볶이가 너무 맛있어서 죽기 아깝다고 생각하며 죽음을 뒤로 미뤘습니다. 그렇게 미루다 보니 지옥 같다고 생각했던 제 삶도 살 만하다고 거꾸로 생각하게 됐습니다.

이전에는 행복이 어마어마한 것이라고 생각했습니다. 남부럽지 않은 부와 명예를 가지고 하는 일마다 대박이 나는 등 큰 행복을 누리기 위해 인생을 살아간다고 생각했죠. 그러다 보니 큰 행복을 얻지 못하면 내 인생이 보잘것없어 보였습니다. 그림을 망쳤을 때 새 도화지에 새 그림을 그리고 싶은 것처럼 지금의 제 삶을 끝내고 새 삶을 살고 싶었습니다.

하지만 행복은 의외로 소소한 것이었습니다. 먹고 싶은 음식을 먹었을 때, 내가 좋아하는 날씨에 길을 걸을 때, 좋아하는 사람을 만났을 때 등 일상 속 소소한 것에서 감사함과 행복을 느꼈습니다. 주변의 것이 소중해지니까 전체 삶도 소중해졌습니다. 나를 소중하게 생각하니 굳이 긍정적으로 생각을 바꾸려 하지 않아도 모든 것을 긍정적으로 바라보게 됐습니다. 내가 이런 아름답고 행복한 것들을 두고 죽으려고 했구나, 내가 진짜 바보 같은 생각을 했구나 이런 생각이 들면서 과거에 나쁜 생각을 했던 것을 후회했습니다.

주변에 힘든 생각으로 고민하고 있는 사람이 있다면 '자살을 거꾸로 하면 살자다'라는 말은 하지 않는 것이 좋을 것 같습니다. 대신 같이 맛있는 음식을 먹으며 이야기를 하면서 지금 이런 소소한 행복을 두고 가기에는 너무 아깝다는 것을 느끼게 해 줍시다. 당신과의 이런 행복한 순간을 앞으로 계속 느끼고 싶다고 말해 줍시다.

세상에서 제일 나약한 존재

기린이 새끼를 낳던 모습이 아직도 생생합니다. 기나긴 산통을 겪다가 귀한 새끼를 얻은 기린. 짚더미에 툭 떨어진 새끼 기린은 피와 양수로 범벅이 돼 눈도 제대로 뜨지 못했습니다. 하지만 엄마 기린이 몇 번 핥아 주자 새끼 기린은 금방 눈을 뜨고 가느다란 다리를 겨우 일으켜 몇 시간 만에 걸어 다녔습니다. 태어난 지 얼마 안 됐는데 걸어 다니다니. 신기하기도 하면서도 무력감을 느꼈습니다.

인간은 다른 동물들에 비해 정말 나약하게 태어납니다. 기린과 같이 태어난 지 몇 시간 만에 걸어 다니는 동물도 있고, 새끼임에도 부모를 붙잡거나 등에 매달리는 힘을 가지고 있는 동물도 있습니다. 하지만 인간은 생후 1개월 동안은 앞도 보지 못하고 자신의 몸을 스스로 가누지도 못합니다. 1년이 지나서야 겨우 스스로 걸을 수 있습니다.

성인이 돼서도 인간은 나약하기 그지없죠. 사자나 호랑이처럼 날카로운 이빨을 가진 것도, 다른 초식 동물들처럼 달리기가 엄청나게 빠른 것도 아닙니다. 은신술이 뛰어난 것도 아닙니다. 과학과 기술의 발전이 없었다면 지금 인간이라는 종이 생존할 수 있었을까 싶습니다. 이렇게 나약한 인간이 야생에 떨어졌다면 바로 육식 동물들의 먹잇감이 됐을지도 모릅니다.

세상에서 제일 나약한 인간이 야생에서 다른 동물로부터 새끼를 보호하려면 어떤 방법을 선택해야 할까요? 서로 도우면서 적의 공격에 방어하는 방법밖에 없겠죠. 예로부터 지금까지 인간은 나약한 아기가 태어나면 서로 도와주고, 같이 아기를 지키면서 아기의 생존을 위해 살아왔다고 합니다. 당신의 생존을 위해 온 인류가 뭉치며 농사를 짓고, 일을 하고, 문명을 세운 것입니다.

가끔, 아니 자주. 혼자라는 생각을 합니다. 나 혼자밖에 없는 여기서 내가 죽는다면 과연 얼마 만에 발견될까? 아마 오랜 시간이 흘러서 발견되지 않을까, 아니 영원히 내가 죽은 것을 아무도 모르는 것은 아닐까 두렵습니다.

하지만 아주 오래 전부터 인간은 서로 무리를 지으며 생활했고 서로 도와주고 지켜 주면서 생활했습니다. 보이지는 않지만 제가 이렇게 글을 쓸 수 있는 것도, 일을 할 수 있는 것도, 편히 잠을 잘 수 있는 것도 보이지 않는 누군가가 저를 지켜 주고 있기에 가능한 것이죠. 보이지 않는 많은 사람이 당신을 지켜 주고 있습니다. 제가 당신을 오랫동안 지켜 주고 있듯이 말입니다.

빈 페이지

제 하루는 무서울 정도로 단조롭습니다. 여러분의 일상은 어떠신가요?

저는 매일 아침 7시에 일어나 출근 준비를 합니다. 회사에 입고 가는 옷도 비슷합니다. 셔츠 3개와 바지 2개를 번갈아 입는 것이 전부입니다. 신고 가는 신발도 메고 가는 가방도 매일 똑같습니다. 똑같은 시간에 지하철을 타고 매일 같은 역에서 내려 같은 에스컬레이터를 타고 회사 건물에 도착합니다. 건물 안에 들어서면 항상 타던 엘리베이터를 타고 사무실로 향합니다.

퇴근길도 매일 똑같습니다. 출근길 저의 모습을 역재생하듯 그대로 왔던 길을 돌아갑니다. 이렇게 몇 년을 보내다 보면 진짜 무슨 재미로 세상을 사나 하는 생각이 듭니다. 톱니바퀴처럼 돌아가는 발걸음을 멈추고 저를 되돌아 보면 이렇게 저의 청춘을 단조롭게 보내고 있는 제 자신이 한심하게 느껴집니다. 다른 사람들처럼 대차게 퇴사해서 하고 싶었던 것을 도전하기도 하고 주말이나 평일에 여행을 가기도 하는 등 좀 더 재미있는 삶을 살고 싶다는 생각도 듭니다.

하지만 다시 생각해 보면 아차 싶기도 합니다. 과거의 나는 지금의 단조로운 삶을 꿈꿨기 때문입니다. 강남에서 피곤에 찌든 얼굴로 퇴근하는 사람들을 보면서 부러워하던 때가 있었습니다. 동시에 학생에도, 사회인에도 속하지 못하는 제가 초라하게 느껴지기도 했습니다. 한 회사에 소속돼 저렇게 바쁘게 일하는 사람들이 부럽다, 나도 안정되게 출근하고 퇴근하는 삶을 살고 싶다, 이런 생각을 많이 했습니다.

지금의 저는 피곤에 찌든 얼굴로 항상 똑같은 시간에 출근하고 퇴근하는 삶을 살고 있습니다. 제가 과거에 부러워했던 강남의 회사원들처럼 말이죠. 제가 투덜댔던 단조로운 삶은 과거의 제가 그토록 바랐던 삶이었습니다. 이렇게 단조롭고 평화로운 일상을 유지할 수 있는 지금에 감사하는 마음을 가져야겠다고 느꼈습니다.

때로는 텅 빈 페이지가 많은 가능성을 선사한다고 합니다. 우리의 일상이 매일 막장드라마, 블록버스터 영화와 같았다면 우리만의 색을 제대로 담을 수 없었을 것입니다. 우리의 일상이 아무 의미 없는 동일한 것들의 반복, 텅 빈 페이지 같기 때문에 그 속에서 우리는 각자 우리만의 색을 담을 수 있습니다. 여러분은 여러분의 텅 빈 페이지에 어떤 가능성을 쓰고 있나요?

추억을 잃고 싶지 않아서

지하철에 탄 사람들 중 유독 눈에 띄는 한 신사 분이 있었습니다. 그분은 스마트폰을 하면서 다른 한 손에는 부채를 들고 있었습니다. 아날로그 방식인 부채와 디지털 방식인 스마트폰의 조합에 눈길이 계속 갔습니다.

또 다른 자리에서는 어떤 학생이 스마트폰으로 유튜브를 보고 있었습니다. 무선 이어폰이 대세인 요즘, 아직도 유선 이어폰을 쓰고 있는 모습이 인상적이었습니다. 그렇다고 그 모습이 촌스러워 보였다는 것은 아닙니다. '나는 유행을 따르지 않고 나만의 스타일대로 갈 거야'라는 생각이 보여서 오히려 세련돼 보였습니다.

초등학생 때 많이 했던 과학 상상 그리기가 생각납니다. 과학 상상 그리기 시간에는 항상 사람 없이 빛의 속도로 가는 자동차, 우주 여행을 하는 사람들, 모든 것이 가능한 휴대폰 등 상상의 나래를 도화지에 그려 냈습니다. 그러면서 기술의 발전으로 편리한 생활을 하는 세상이 얼른 왔으면 좋겠다고 생각하곤 했습니다.

시간이 흘러 우리는 지금 과학 상상 그리기에서나 보던 세상에 살고 있습니다. 스마트폰으로 모든 것을 다 하고, 자율 주행 자동차가 나타났으며, 우주 여행을 할 수 있게 됐습니다. 과거 우리가 상상했던 그 이상으로 지금의 세상은 과학과 기술의 발전으로 더욱 편리해졌습니다. 그럼에도 옛날의 불편한 물건을 고집하는 사람들을 보면서 왜 지금의 편리한 것을 누리지 못할까 이해하지 못했습니다.

하지만 지금 생각해 보면 사람들이 옛날 물건을 간직하는 이유는 추억을 잃고 싶지 않아서가 아닌가 하는 생각이 듭니다. 무더운 여름 할머니가 내 이마 위로 살랑살랑 바람을 일으켜 줄 때 쓰던 부채의 감성을 에어컨에서 느낄 수 있을까요? 버스에서 좋아하는 사람과 함께 나눠 끼던 유선 이어폰의 감성을 무선 이어폰에서 느낄 수 있을까요? 지하철의 그 신사가 손 선풍기 대신 부채를 쓰던 이유도, 그 학생이 유선 이어폰을 끼는 이유도 여기에 있을 거라고 생각됩니다.

여러분은 이렇게 빠르게 변하는 세상 속에서도 바꾸지 않을 수 있는 자신만의 추억을 가지고 있나요? 아무리 편한 물건과 기술이 나와도 절대 바꿀 수 없는 추억이 담긴 물건을 가지고 있나요?

유일하게 영원한 것

대학 졸업 후 사회생활에 찌들어 한 번도 학교를 방문한 적이 없었습니다. 그런데 어느 날 문득, 학교에 가 보고 싶어졌습니다. 나의 20대 초반의 대부분을 보냈던 공간인 만큼 그때의 그 모습이 그대로 있을지 궁금했습니다.

대학교 때 저는 지금과 다를 바 없이 평범한 일상을 살았습니다. 모교의 자랑이 된 것도 아니었고 대단한 시험에 합격해서 후배들에게 좋은 귀감이 된 것도 아니었습니다. 그렇다고 교수님이나 후배들, 선배들의 기억에 남을 정도로 끼가 있거나 공부를 아주 잘하는 것도 아니었습니다. 그저 학점을 채우기 위해 말없이 수업을 듣고 시험공부를 했습니다. 주말에도 기숙사 밖을 거의 나오지 않고 혼자 시간을 보내곤 했습니다. MT나 학교 축제, 캠퍼스 커플 등 대학교 생활의 로망이라고 하는 것은 거의 경험하지 못했습니다.

이렇게 소극적으로 대학생활을 했던 저에게도 대학교는 남다른 추억이 있는 곳입니다. 축제 기간에 수업 쉬는 시간이 되면 친구들과 꼭 사 먹었던 길거리 음식, 파닭 냄새와 술 냄새로 진동하던 동아리방, 다양한 사람들과 같은 하루를 보냈던 기숙사 방, 긴장과 느슨함이 공존했던 강의실까지. 대학생 때 다녔던 학교 곳곳을 떠올리면 그때만 느낄 수 있었던 추억의 냄새가 아직도 생생합니다. 오랜만에 대학교를 갔을 때도 그때의 향수를 다시 느낄 수 있지 않을까 잔뜩 기대했습니다.

하지만 지금의 학교는 제가 다니던 때와는 다른 냄새를 풍기고 있었습니다. 학교 입구에 딱 들어설 때부터 느껴지는 낯선 분위기에 당혹감을 감추지 못했습니다. 마치 여고에 잘못 들어온 남학생처럼 학교 안에 들어가기가 어색했습니다. 학교를 둘러보니 그때 없었던 시설들이 새로 생겼고 학생들과 교수님들도 모두 바뀌었습니다. 파닭 냄새가 항상 났던 동아리방과 기숙사는 깨끗했고 강의실도 너무 고요했습니다. 촌스러웠지만 정감 있던 모습들이 세련되고 낯선 모습으로 변했습니다. 제가 학생에서 사회인으로 변했듯 학교도 시대에 맞춰 변화한 것이었습니다.

집으로 돌아가면서 참 복잡미묘한 감정에 사로잡혔습니다. 내추억이 그대로 있었으면 좋았을 텐데 하는 아쉬움이 크긴 했습니다. 하지만 과거에 머물러 있었다면 지금 겨우 제 밥값을 하고 있는 저의 모습도 없었겠지요. 후배들을 위한 더 나은 환경도 마련되지 않았겠지요. 앞으로 나아가기 위해서는 과거를 계속 끌고 가지 말아야 합니다.

세상에 유일하게 영원한 건 '영원'이라는 단어밖에 없습니다. 내가 변한 것도 모르고 나의 추억이 변하지 않길 이기적으로 바랐습니다.

부장 같은 막내

"우리 막내는 꼭 부장님 같아."

첫 직장 상사에게 들었던 말입니다. 부장님 같다니, 무슨 뜻이지? 욕인가 칭찬인가 긴가민가했던 기억이 있습니다. 막내한테 부장님 같다는 말을 그때는 이해하지 못했는데 저도 나름 사회생활을 했다고 지금은 어느 정도 이해를 하게 됐습니다.

여러 회사가 모여 있는 건물에서 일하다 보면 다양한 직장인들을 볼 수 있습니다. 그중에서도 저의 눈에 들어오는 사람은 무표정으로 무리 뒤를 조용하게 따라가는 신입사원입니다. 카페에서 커피를 고르면서도 설레는 모습을 보이지 않고 긴장한 채 뒤에서 맴돌고 있는 사람. 무리에서 대화에 끼지 못하고 시선을 어디에 둘지 몰라 안절부절못하는 사람. 직급이 높은 사람에게 질문을 받으면 멋쩍게 웃기만 하는 사람. 이런 사람을 보면 저도 모르게 정감이 갑니다. 저도 신입 시절 그랬기 때문입니다.

막내가 부장 같다는 말은 '막내 치고 싹싹함이 없다'는 말일 것입니다. 사회생활에서 통용되는 이른바 '막내'는 팀에 생기와 젊음을 불어넣어 주는 사람입니다. 밝은 에너지가 있어야 하며 상사에게 먼저 다가가는 붙임성이 있어야 합니다. 실수를 해도, 업무가 서툴러도 막내는 어느 정도 용서가 됩니다. 막내는 업무로 인정받는 위치가 아니라 밝은 성격과 생기발랄함, 싹싹함으로 인정받기 때문입니다.

저는 이런 '막내'의 역할과는 반대되는 막내였습니다. 붙임성도 없었고 성격이 발랄하지도 않았습니다. 작은 실수라도 하면 큰일이라도 날까 봐 항상 긴장하고 있었습니다. 긴장을 풀지 않으니 표정과 말투도 무뚝뚝했습니다. 점심시간이나 티 타임 때 나누는 대화에 적극적으로 참여하는 것도 불가능했습니다. 그런 시간도 저에게는 업무 시간이나 마찬가지였습니다. 그러다 보니 회사 내에서 저에게 편하게 말을 붙여 주는 사람도 없었습니다. '막내가 부장 같다'라는 말은 곧 누구에게나 사랑 받는 발랄한 막내가 누구도 다가가기 싫어하는 무뚝뚝한 부장이 돼 버렸다는 말이겠지요.

하지만 제가 일부러 그랬던 것은 아닙니다. 저도 상사에게 먼저 다가가서 이야기하고 싶고 티 타임 때 대화에 끼고 싶고 업무도 자신감 있게 하고 싶었습니다. 하지만 성격이 그러질 못했습니다. 저는 사회생활 5년 차인 지금도 업무 요청을 할 때 마음 속으로 수십 번을 시뮬레이션을 한 뒤에 할 정도로 소심합니다. 저 사람에게 부탁을 했다가 거절당하면 어떡하지, 이렇게 보고했다가

혼나면 어떡하지 라는 생각을 수백 번 합니다. 지금도 그런데 신입 때는 오죽했을까요? 수천 번, 수만 번 무슨 말을 해야 하는지 생각하고 이렇게 하는 것이 맞는 것인지 고민해 왔습니다. 사회생활을 잘 하는 성격은 아니지만 이를 극복하기 위해 나름 수천 번, 수만 번 속으로 노력해 왔습니다.

이런 저의 속마음도 모르고 저의 상사는 사회생활 그렇게 해서는 안 된다고, 이 일 자체가 너와 맞는지 다시 한번 생각해 보라고 하더군요. 그 말을 듣는 순간 힘이 쫙 빠졌습니다. 그동안 제가 저의 성격을 이상적인 '막내'라는 규격에 꾸역꾸역 맞추려 노력했던 과정들이 덧없이 느껴졌습니다. 나는 정말 사회에서 쓸모 없는 사람인가 라는 생각도 많이 했습니다.

만약 제 후배가 '부장 같은 막내'라면 오히려 조용히 옆에서 지켜볼 것입니다. 성격에 열등감을 주기 보다 업무에 자신감을 주려고 합니다. 가끔은 업무시간에 몰래 불러 맛있는 것도 사 주면서 사회생활을 하면서는 이렇게 재미있는 긴장도 있다는 것을 알려 줄 수 있다면 더 좋겠죠. 적어도 너는 사회에서 쓸모 없는 사람은 아니라는 것을, 꼭 막내라는 틀에 맞출 필요는 없다는 것을 알려 주고 싶습니다. 하나의 역할로 정의하기에는 우리는 너무 특별합니다.

설레지 않은 사람

'설레지 않으면 버려라!' 한 정리전문가가 한 명언 중 하나입니다. 정리를 못하는 사람들의 공통적인 특징 중 하나는 불필요한 물건을 버리지 못하는 것이라고 합니다. 불필요한 물건이 집안에 쌓여 있다 보니 종류 별로, 쓰임 별로 정리가 안되고 물건의 개수도 줄지 않는 것이죠. 정리전문가들은 물건의 개수를 줄이고 집안을 깔끔하게 정리하고 싶다면 집안의 물건 중 설레지 않는 물건은 버려야 한다고 조언합니다.

저 또한 집안 대청소를 할 때, 1년 이상 사용하지 않은 것들은 과감하게 버리는 편입니다. 1년 이상 사용하지 않았다는 것은 나에게 더 이상 설렘을 주지 않는다는 것이니까요. 물건을 차례차례 버리면서 순간 버려지는 물건이 불쌍하다는 생각이 들었습니다. 그러면서 동시에 이런 생각이 들었습니다. '나는 누군가에게 항상 설렘을 주고 있는가.'

예전에 '인간관계 정리'라는 것이 유행한 적이 있습니다. 핸드폰 연락처 중 자주 연락하지 않는 사람의 연락처를 삭제하면서 불필요한 인간관계를 정리하는 것입니다. 저도 대학을 졸업하면서, 사회생활을 하면서, 이직을 하면서 여러 개의 연락처를 삭제했습니다. 1년 이상 연락이 안 된 사람도 있었고 017 등 옛날 번호만 가지고 있는 사람도 있었습니다. 솔직히 말해서 일방적으로 연락하기 싫은 경우도 있었습니다. 이른바 '설레지 않은 사람'은 저의 주소록에서 삭제됐습니다.

다른 사람의 연락처에서도 저의 핸드폰 번호가 삭제된 경우도 많을 것입니다. 역시 저의 이름과 번호를 봤을 때 설레지 않았기 때문이겠지요. 물건을 버리면서 나도 다른 사람들에게 이렇게 버려졌겠구나 하는 생각에 울적해 졌습니다.

누군가에게 계속 설렘을 주려면 어떻게 해야 할까. 그래서 제 방에서 가장 오래 가지고 있는 물건이 무엇인지 찾아봤습니다. 고등학교 때부터 입었던 코트와 가방, 대학교 1학년 때 산 운동화가 전부였습니다. 그 외에는 해마다 낡으면 새롭고 예쁜 물건으로 대체되었습니다.

지금 저에게 설렘을 느끼는 사람들도 언젠가는 저를 버릴 것이라고 생각합니다. 그렇다고 모든 사람들에게 설렘을 주기 위해 필사적인 노력을 하지는 않을 것입니다. 물건도 평생 설렘을 줄 수 없듯, 사람도 평생 설렘을 줄 수 없습니다. 내가 상대방에 의해 정리된다면 울적해하기 보다는 그 사람에게 정리 후의 개운함을 줬다고 생각하고 싶습니다.

갑자기 오는 연락

　꼭 자기가 필요할 때만 연락을 하는 사람이 있습니다. 한동안 연락이 없다가 자기가 필요할 때만 연락을 하는 겁니다. 그동안 연락을 하도 안 했으니 첫 마디부터 어색하기 짝이 없습니다. '잘 지내지?'라는 인사치레가 끝나면 연락한 목적을 드러냅니다. 그러면 저는 그럼 그렇지. 그냥 연락했을 리가 없지. 하면서 그 사람이 원하는 대로 해 주는 편입니다.

　물론 오랜만에 나에게 연락을 해야 하는 상대방의 입장도 난처할 것을 압니다. 하지만 괘씸한 건 어쩔 수 없습니다. 평소에 좀 연락하지 자기가 꼭 필요할 때만 연락하는 것이 해물파전에서 오징어만 쏙쏙 골라 먹는 사람을 볼 때처럼 얄밉습니다.

　하지만 생각해 보면 무언가 자신이 부족함을 느낄 때 나를 떠올려준 것이 고맙다는 생각도 듭니다. 오랫동안 연락하지 않았지만 자신에게 도움을 줄 수 있는 사람으로 나를 생각해 준 것이, 그만큼 나를 좋게 기억하고 있는 것이니까요. 너무 과대해석한 것일 수도 있겠습니다. 하지만 적어도 내가 그 사람에게 조금이라도 필요한 사람이 된 것에 감사함을 느낍니다.

오늘도 연락이 없는 당신에게도 언젠가 내가 조금이라도 필요한 사람이 되길 바랍니다.

외로움에 대한 고찰

1. 친구는 수보다 질이라고 하는 말이 딱 맞습니다. 예전에는 무조건 친구가 많으면 좋은 것인 줄 알았죠. 흔히 '인맥'이라고 하는 것이 무조건 제 인생이 도움이 되는 줄 알았습니다. 그래서 최대한 다양한 사람들을 많이 사귀려고 했고 많은 모임에 참석했습니다. 휴일이면 집에서 한 발짝도 나오지 않지만 미래를 위해서라면 저의 성격을 고쳐서라도 많은 사람과 만나고 이들은 내 사람으로 만들어야 한다고 생각했습니다. 하지만 세월이 흐르고 제 핸드폰에 저장된 연락처를 보면 진짜 자주 연락하는 사람은 한 손에 꼽고도 손가락이 남습니다. 나름 친해졌다고 생각한 사람 중에서도 정작 지금까지 연락하는 사람은 아무도 없습니다. 많은 친구를 갖는 것보다 한 명의 마음이 잘 맞는 친구와 오래 관계를 유지하는 것이 더 어렵다는 것을 알았습니다.

2. 그 누구도 자신의 외로움을 채워줄 수는 없습니다. 사랑하는 이가 있더라도 외로움은 찾아옵니다. 그 사람이 영원히 당

신의 곁에 머무는 것은 아니기 때문입니다. 언젠가 사랑하는 이는 당신을 떠날 것이고 당신도 그에 대한 마음이 변할 것입니다. 자신의 외로움을 채워 주는 대상이 애인이라면 그 애인이 부재했을 때 당신은 빈 껍데기가 됩니다. 또한 외로움을 애인으로 채운다는 것은 '사랑'이라고 볼 수 없습니다. 자신만의 이득을 위해 애인을 '이용'하는 것이나 다를 바 없죠.

3. 결혼을 해서 평생의 반려자와 아이들과 함께 산다고 해도 외로움은 찾아옵니다. 연애 때와는 달라진 배우자 때문에, 무심한 자식들 때문에 등 여러 이유로 외로움을 느낍니다. 나이가 들어서도 외로움은 사라지지 않습니다. 빠르게 변해 버린 사회와 동떨어져 있다는 외로움, 젊은 세대들과 멀어진다는 외로움 등이 무겁게 자리잡습니다.

4. 결국 인생은 외로움을 다루는 과정의 연속입니다. 홀로 태어나면서 홀로 죽을 때까지 우리는 다양한 외로움과 맞서야 합니다. 그러면서 외로움을 자유자재로 다룰 줄 알아야 합니다. 외로움을 완전히 없애려고 하지 말고 외로움을 조련해야 합니다. 외로움은 없애려고 할수록 더욱 커집니다. 뻘에서 나오려고 발버둥치면 칠수록 더욱 뻘 안으로 빨려 들어가듯이 외로움에서 벗어나려고 하면 되려 외로움에 잡아 먹힐 것입니

다. 외로움의 존재를 인정하고 외로움을 내 맘대로 다루면 외로움이 내가 원하는 대로 줄어들 것입니다.

5. 외로움을 어떻게 다룰 것인가는 각자에게 달렸습니다. 각자의 외로움이 다르기 때문에 다루는 방법도 각자 다르겠지요. 중요한 것은 외로움은 당신이 죽는 그 순간까지 계속 함께 할 것이라는 겁니다. 외로움은 보통의 인생을 증명합니다.

나를 괴롭히는 물건

저는 늘 저만의 공간을 꿈꿨습니다. 학창 시절부터 쉬는 시간이 되면 화장실에 가고 싶지 않은 데도 화장실에 가 숨어 있을 정도였죠. 기숙사 생활을 하면서부터는 더욱 더 영역에 대한 갈망이 커졌습니다. 나만의 공간에 내가 좋아하는 것들로 가득 채워 오롯이 나만 즐기는 삶을 살고 싶었습니다.

경제적 독립을 하면서 고시원에서 겨우 저만의 공간을 가지게 됐습니다. 몸 하나 겨우 뉘일 수 있는 좁아 터진 공간이었죠. 그때 제 방에 있던 것들은 항상 저를 괴롭혔습니다. 침대에 누우면 방의 물건들은 갑자기 악마로 변신해 저를 향해 쏟아질 것 같이 다가왔습니다. 머리맡에 있는 문을 볼 때면 옆방의 아저씨가 금방이라도 덜컹 하고 열 것만 같았습니다. 언젠가 더 넓은 나만의 공간에서 내 물건을 장식할 수 있겠지 하는 꿈을 가지고 하루하루를 버텼습니다.

고시원에서 탈출해 그보다 아주 조금 나은 곳으로 이사했습니다. 하지만 아직도 제 방에 있는 것들은 가끔 저를 괴롭힙니다. 제 방 침대에 누워 있으면 제 방, 곧 집에 있는 모든 것들을 한눈에 볼 수 있습니다. 세탁기부터 싱크대, 냉장고, 화장실까지. 집안의 모든 것이 한눈에 들어오죠. 침대에 누우면 바로 눈앞에 보이는 대문은 가끔 무섭게 느껴집니다. 대문은 도어락으로 잠겨 있고 건물 대문도 자동으로 잠겨 있어서 누가 들어올 수도 없는데도 금방이라도 누군가가 덜컥 들어올 것만 같은 기분이 듭니다. 저 단단한 철문 밖에서 누군가가 저를 지켜보고 있는 것 같습니다.

침대 머리맡에는 바로 창문이 있는데 창문 너머로는 다른 사람들의 방이 훤히 보입니다. 다른 집의 옥상부터 다른 방의 살림살이까지 언뜻 보일 정도입니다. 그럴 때마다 혹시 저 사람들도 내 모습을 훔쳐보고 있지는 않을까 무섭습니다. 한 사람이 겨우 들어가는 화장실에서 밤에 불을 켜면 건너편의 건물 벽에 환하게 불이 비춰집니다. 일면식도 없는 타인과 나의 은밀한 곳까지 공유한다는 생각이 들어 되도록이면 화장실의 불을 켜지 않습니다.

언제 내 방의 물건들이 나를 괴롭히지 않는 집에서 살 수 있을까요? 물건들이 나를 다루는 것이 아니라 내가 물건들을 다루면서 행복하게 살 수는 없는지에 대한 고민을 매일 하고 있습니다. 고시원에서 원룸으로 집이 조금 넓어졌음에도 여전히 내 방의 물건들이 나를 괴롭히는 것을 보면 단순히 집의 평수가 원인인 것은 아닌 듯합니다.

결국 물건들이 저를 괴롭히지 않는 그날까지 살아야 하는 것일지도 모르겠습니다. 제 물건에 지배당하지 않고 저만의 공간에서 자유롭게 살 수 있는 방법을 찾을 때까지 말입니다. 오늘도 저는 침대에 누우며 물건들의 괴롭힘에 넘어가지 않도록 애쓰고 있습니다.

티 안 나는 얼굴

저는 술을 마시면 얼굴이 하얘집니다. 술을 마시면 얼굴이 빨개지는 것이 흔한데 말이죠. 술을 몇 잔 마시지 않았는데도 마치 뽀얗게 화장을 한 사람처럼 얼굴이 하얗게 변합니다.

그래서 처음 술을 마셨을 때부터 주변 사람들에게 많은 오해를 받았습니다. 술을 마시는 데도 얼굴색이 하나도 변하지 않는 저를 보고 선배들과 친구들은 술 잘 마신다며 놀라곤 했습니다. 특히 어르신들은 술을 마셔도 멀쩡해 보이는 저를 보고 좋아하시며 계속 술을 권하셨습니다. 하지만 저의 주량은 한정돼 있었기에 어느 정도 마시면 머리가 이미 핑핑 돌았습니다. 그럴 때는 취해서 못 먹겠다고 하는데, 그럼에도 내숭 떤다고 믿지 못하는 경우도 있었습니다. 그럴 때면 술을 먹고 얼굴이 빨개지지 않는 제 자신이 너무 미웠습니다.

술을 마시면 얼굴이 빨개지지 않고 하얘지는 이유는 몸에 혈액 공급이 잘 안 돼서 그렇다고 합니다. 알코올이 혈관에 작용해

혈관 확장이 일어나서 순간적으로 혈액의 공급이 저하되는 것입니다. 얼굴 쪽에 피가 돌지 않으니 얼굴이 허옇게 질리는 것입니다. 피가 잘 통하지 않으니 코나 얼굴 근육이 저리기도 합니다. 마치 마취 주사를 맞은 것처럼 감각이 무뎌 집니다. 이런 감각은 오직 저만 느낄 수 있고 겉으로 표시가 나지 않습니다.

술을 마실 때 얼굴이 빨개진다면 자신이 술을 조절할 수 있습니다. 자신이 마시고 싶다고 해도 주변에서 말리고 봅니다. 하지만 얼굴에 표가 안 나거나 오히려 하얘지는 사람은 술을 조절할 수 없습니다. 자신의 주량을 기만하고 마시기도 하고, 주변에서도 술을 부추깁니다. 그래서 의사들은 얼굴이 빨개지는 유형보다 티가 안 나는 유형이 더 위험하다고 합니다.

저는 술을 마실 때도 그렇고 일상 속에서도 그렇고 티를 잘 내지 않는 편입니다. 좋으면 좋은 티, 싫으면 싫은 티를 내야 하는데 겉으로는 제 속마음을 드러내지 않습니다. 알코올 때문에 순환하지 못하는 제 몸 속의 피처럼 제 감정도 순환하지 못하고 마음 한 곳에 쌓이기만 합니다. 제 속을 모르는 주변 사람들은 더 험난한 곳으로 저를 몰아붙입니다. 마치 술을 먹고 얼굴이 하얘진 저에게 더 독한 술을 채워 주듯 말이죠. 고여 있는 감정을 드러내지 못하고 제 삶을 제 스스로 망가뜨리는 경우가 많습니다. 차곡차

곡 쌓인 나쁜 감정에 깔려 빠져 나오지 못한 적도 많습니다.

티가 나지 않는다는 것은 나 자신에게 참 위험한 것 같습니다. 술을 마실 때 얼굴 색이 변하지 않는 것은 체질이라 어쩔 수 없다 치더라도, 내 감정을 티 내는 것은 내 삶을 위해서라도 조금씩 연습해야 할 것 같습니다. 말하지 않으면 모릅니다.

아줌마 사이즈

어디서 본 이야기가 생각납니다. 밀폐 용기에 과일을 넣었는데 초파리가 생겼다는 이야기입니다. 초파리는 보통 과일을 밖에 꺼냈을 때 모이는 것으로 아는데 밀폐 용기에 초파리가 생기다니 좀 이상하죠. 전해지는 이야기에 따르면 초파리는 과일의 껍질이나 줄기에 알을 낳는데 우리가 사오는 과일에 이미 초파리가 알을 낳았을 수도 있다고 합니다. 우리는 이미 수천 마리의 초파리 유충 알을 먹은 셈이죠.

이 이야기를 듣고 나니 과일을 먹기가 무서워졌습니다. 초파리 유충알이 몸 속으로 들어올 수도 있다고 생각하니 과일에 손을 대기도 어려웠습니다.

"아가씨가 무슨 아줌마 사이즈를 입어요?"

저는 학창시절부터 덩치가 있는 편이었지만 제 몸이 콤플렉스라고는 생각하지 않았습니다. 하지만 어느 날 한 옷 가게 직원의 한마디에 큰 충격을 받았습니다.

내가 아줌마 몸매라니. 그날 이후로 저는 제 몸이 미워 보이기 시작했습니다. 살면서 한 번도 신경 쓰지 않았던 볼록한 뱃살과 울룩불룩한 종아리, 덜렁거리는 팔뚝살이 신경 쓰였습니다. 길거리에서 사람들을 보면 사람들의 몸매만 보였습니다. 연예인처럼 늘씬한 사람들을 보면 부러움과 동시에 자괴감이 들었습니다. 제 머릿속은 '내 몸은 아줌마 몸이다'라는 생각으로 가득했습니다. 예쁜 옷을 사는 것도, 맛있는 음식을 먹는 것도 두려워졌습니다.

세상에는 꼭 알아야 하는 것도 있지만 몰라도 되는 것도 있습니다. 우리가 사는 과일에 초파리가 알을 낳을 수도 있다는 사실은 군이 알 필요가 없습니다. 그저 철에 나는 과일을 맛있게 즐기면 됩니다. 제가 아줌마 사이즈를 입는다는 사실도 군이 알고 싶지 않았습니다.

김
금
진
（
한
글
씨
）

김금진(한글씨)

저는 이런 사람입니다.

가르치는 사람. 국어, 향수, 아로마.
배우는 사람. 청소년학, 패션학, 마케팅학, 심리학.
쓰는 사람. 글을 쓰고 당신에게 마음을 쓰다.
읽는 사람. 세상을 살아가는 당신의 마음을 읽다.

고등학교 1학년 때부터 '국어'를 좋아해서 '국어 강사'로 살며 '향수'가 좋아
'향수 클래스'를 운영하는 사람이에요. 읽는 것을 좋아하는 만큼 쓰는 것
을 좋아해서 이런저런 단상들을 풀어 나가다 이제 이 책으로 당신과 이어
지게 되었어요. 당신이 나를 읽어 준 만큼 당신에게 더 마음을 쏟을게요.
감사합니다.

'쓰다'라는 말의 의미

저는 가면을 많이 쓰고 지내는 사람입니다. 가면이라는 말을 들으니 제가 퍽 가식적인 사람이라고 생각하실 수 있겠다 싶어서 다른 말을 빌려 와 봅니다. 제게는 여러 페르소나가 있습니다. 가르치는 사람. 배우는 사람. 파는 사람. 꾸는 사람. 서는 사람. 너무도 많은 모습으로 살고 있습니다.

그런데 대상에 대한 말은 빼려고 합니다. 무엇을 가르치고 배우는지 파는지, 어디 앞에 서는지 다 이야기하지 않겠습니다. 오랫동안 해 오던 국어 강사의 모습은 검색해도 나올 만큼 알려져 있기는 하지만 여기서 무엇을 더 배우고 있고, 무엇을 파는지 꾸고 있는지, 어디에도 서 보았는지는 다 알려드리지 않겠어요.

당신이 이 글을 통해 이제 저를 막 알게 되신 분이라면 더욱 말씀드리기 조심스럽기도 합니다. 퍼스널 브랜딩, 자기 PR 시대에 왜 말을 아끼려고 하냐고요? 적어도 이 자리에서만큼은 다 알려드리지 않을 생각입니다. 저라는 사람을 겪어 보지 않고, 글로만 아시면 안 되잖아요. 저라는 사람이 쓰는 가면은 상황에 따라 바뀔 텐데 말이죠. 다만 여기서는 작가라는 이름으로 여러분을 만나고 있습니다. 그러면 새로운 페르소나를 추가해야겠어요. '쓰는 사람'이요. 가면이 아닌, 글을 쓰는 사람이요.

113

자격증이 술술 나와요

자기소개를 할 때 나는 '칵테일 자격증'이 있다고 말을 해. 정식 명칭은 '조주 기능사'이지만 상대방이 정확한 이름을 알기 어려울 테니까 칵테일 자격증이라고 하지. 그러면 상대방이 그래.

A: 저는 술을 잘 못 마시지만 '칵테일 자격증'이 있어요. (집에 놓인 선반 사진을 보여 주며) 이렇게 술도 많이 모았답니다.

B: 술도 못 마시면서 자격증은 왜 땄어요?

A: 남들한테 만들어 줄 수 있잖아요. 부모님께도 만들어 드렸어요. 아버지께는 *네그로니를 만들어 드렸죠. 한때 즐겨 드셨습니다. 딸이 만들어 준 술이라 더 맛있게 드시더라고요.

B: 오, 그럼 저도 나중에 만들어 주세요.

A: 기회 되면 만들어 드릴게요. (그러나 상대에게 만들어 준 적이 없다는 게 현실이다.)

---

*네그로니: 진 베이스에 캄파리 등의 리큐르를 넣어 만든 칵테일

그런데 왜 술 만드는 자격증은 있는데 술 잘 마시는 자격증은 왜 없을까? 7분이라는 시간 안에 석 잔의 술을 만들어 내는 자격증과 달리 '잘 마신다'는 것의 적절한 측량 기준은 상대적이니까 그럴 것이다. 한편으로는 양으로만 많이 마실 것이 아니라 마시고 나서 뒷정리도 잘해야 잘 마신다고 할 수 있는데, 이른바 술자리 매너를 확인받고 증명받기 위해서는 같이 마셔야 알 수 있으니까 여간 복잡한 게 아니구나 싶다.

시작이 창대했으나 끝은 어떠한가

나는 늘 시작이 거창하다. 말하기를 좋아해서 유튜버가 되고 싶었다. 방송 장비가 필요하니까 하나둘 사 모았다. 콘덴서 마이크를 사고, 팝 필터를 사고, 웹캠을 사고, 조명을 샀다. 그것도 모자라 집에는 크로마키 천을 커튼처럼 깔아 놨다.

내 방에는 이렇게 내 요란한 시작을 보여 주는 물건이 더 있다. 책이 그렇다. 나는 어떤 분야를 파고들면 그 분야의 책을 사 모으는 편인데 심지어 운전면허를 따고 나서 '주차 잘하는 법'이라는 책을 사 본 적이 있다. 아니, 주차는 몸으로 겪어야 하는데 왜 책을 샀어? 라고 하실 분도 있겠지만, 이론이 탄탄해야 실전도 잘할 수 있다고 믿었기 때문에 그렇다. 지금 생각해 보니 이론으로 익혀야 할 일과 실전으로 익혀야 하는 일이 따로 있는데도 책부터 사 모은 것이다.

'주차'만이 아니다. '요리', '연애'에 관한 책도 여러 권 사 모았다. 요리책을 산다고 요리를 잘하는 것도 아닌데 연애 책을 산다고 연애를 잘하는 것도 아닌데 왜 이렇게 책을 사 모은 것인지. 요리도 실습이고 연애도 실습인데, 이제 해 볼 일이 없는 건 아예 책을 사지 말아야겠다. 읽기만 하고 해 보지도 않는다면 실력이 늘지도 않으니까.

미니멀리즘은 '멀리' 있어요

'하루만 네 방에 침대가 되고 싶어~'로 시작하는 노래가 있다. 얼마나 좋으면 침대가 되겠다고 할까. 상대방에게 그런 말을 들어 본 적이 없어서 잘 모르겠지만. 그런 말을 하려면 내 방에 뭐가 있는지부터 그 사람이 알아야 할 텐데.

내친김에 내 방 물건을 소개해 본다. 책, 향수. 글을 쓰고 있는 노트북. 이게 끝. 아니 세간살이가 이렇게 간략한가? 아니, 정확히는 내 방에 있는 것 중 '무인도에 간다면 무엇을 가져갈 것인가?'에 대한 답이라고 해 두겠다. 요새는 종이책보다 전자책을 더 많이 보기는 하지만, 무엇에 대해 관심이 커지면 종이책을 사 두는 게 버릇이다 보니 벽 한 면을 차지한 책장에 책이 수북이 있다. 가만, 그런데 무인도에 가면 이 많은 책 중 무엇을 가져간담?

두 번째는 향수. 향수는 수납장 가득 쌓여 있다. 관심으로 하나둘 모으던 향수가 향을 모으고 싶다는 내 욕심 때문에 4단의 수납장을 채울 만큼 늘어났다. 원픽으로 꼽기 어려운 것은 이것도 마찬가지네.

다음 타자 노트북. 노트북이 없으면 내 프로젝트의 80퍼센트 정도는 수행하기 어렵다. 그러니까 노트북도 챙겨야지. 웹 하드를 쓰지 않으니 외장 하드가 있어야 작업을 할 수 있는데 노트북만 챙겨서 되나? 외장 하드도 챙겨야지.

그러고 보면 이 방의 물건들은 낱개로 고르기가 참 어렵구나. 내 방의 주인은 나 하나인데, 물건은 수십 가지라서 무엇을 택하고 버릴까 고민하고 있다니 아직 미니멀리즘은 멀었나 보다.

건강하게 참아 봅시다

운동을 열심히 하면서 식단도 열심히 챙기고 있다. 프리랜서라서 간편식으로 끼니를 때우기가 일쑤였는데 인생 처음 바디 프로필이라는 목표를 세우고 몇 달간 제한적으로 식사를 하다 보니 간편식의 맛을 잃었다. 쌀밥을 먹어 본 지도 오래인데 이런 식단에 지치기도 하고, 힘이 나지 않기도 한다. 그래도 내가 세운 목표가 있으니 열심히 먹는다. 마음을 먹는다. 다른 것은 막 먹지 못해도 맘먹을 수는 있다. 흔들리는 내 마음과 맞먹어야 내가 원하는 목표를 이룰 수 있다. 밥도 끊고, 술도 끊으며 독하게 먹는다.

그래서 성공했냐고? 성공은 했다. 남들이 우와! 하는 사진은 남겼다. 그런데 안타깝게도 맛있는 음식을 배불리 먹지를 못하겠다. 사진 속의 내가 현실의 나와 괴리가 생길까 봐.

'먹는다'라는 기본적인 행위마저 제한하는 것은 가혹하지만 그래도 몸이 달라지는 놀라운 경험을 하니, 맞먹게 된다. 먹고 싶은 나와 먹기를 참아야 하는 나가 서로 부딪친다. 조금만 참으면 된다고 스스로를 달랜다. 이렇게 건강하게 참으면 당신도 달라질 수 있다. 못 믿겠다고? 경험자의 말인데 좀 믿어 주시라.

함부로 하지 마세요

처음 휴대폰을 바꾸었을 때 고가의 폰이라 헝겊 필통 같은 것을 사서 보관하고 행여나 흠집이 날까 조심조심했다. 그런데 6개월가량 써 온 지금의 휴대폰을 보면 붙였던 필름은 온데간데없고, 엘리베이터 버튼을 누를 때 몇 번은 손가락 아닌 휴대폰 모서리로 대신 했더니 그 부분이 닳아 있다. 화장실 갈 때 마음과 나올 때 마음 다르다더니. 물건을 처음 들일 때만 조심조심하고 손에 익으면 함부로 대하는 이 마음은, 사람에게도 가 닿으면 안된다.

친할수록 조심하라. 오히려 더 어려워 하라. 이 말이 벽을 쌓고 상대를 대하라는 뜻은 아니다. 네가 상대의 입장이라면 이 말을 들었을 때 어떤 기분일지, 이런 행동을 했을 때 어떤 기분일지 한 번만 더 생각해 보라는 말이다. 당신도 액정 나간 휴대폰이 되고 싶지 않다면.

상대의 침에 젖지 않는 방법

사교 모임에서 나만 보면 공격적인 말을 뱉던 사람이 있다. 뭐라고 대꾸하지는 못했었는데 그 사람과 헤어지고 집에 오면 불쾌감이 밀려왔다. 그 모임에서 나가야 하나 고민했다. 결과적으로는 지금은 그 모임에서는 활동하지는 않는다. 나중에야 그동안 그 사람이 나를 가스라이팅했다는 것을 알게 되었다.

그때를 생각하면 왜 뭐라 대꾸하지 못하고 듣고만 있었나 싶다. 웃는 낯에 침은 물론이거니와 가래를 뱉는 사람들. 앞으로도 이런 사람들을 또 만나지 않는다는 보장은 없으니 이렇게 대해야겠다고 생각했다. 똑같이 나도 '침 뱉어 주마'만 피해야겠다고.

당신도 '뻔뻔하게' 계속 웃으며 상대를 대해 보라. 무장한 웃는 낯이면 상대가 뱉는 침에 몸까지 젖지는 않으리라.

공사 구분을 못하는 사람의 변명

공적인 사이를 '언니'나 '오빠'라는 호칭도 붙여가며 지내고 싶다. '누구님'이라는 직함 대신 그저 '누구'라는 이름으로 상대를 불러 보고 싶을 때가.

그런데 그런 사이치고 오래 가는 사이가 있을까? 공적으로 부여된 사이인데 사적인 관계를 맺으려고 하면 선을 넘어서서 그런지 오래 가지 못하더라. 그 역도 마찬가지다. 사적으로 맺은 관계와 공무를 같이 하다가 결국 사이가 틀어져 더 보지 않는다는 이야기도 들어 보았다.

물론 모든 관계가 다 이렇지는 않을 것이다. 넘어도 넘어지지 않고 유지되는 관계들도 있을 테니까. 상대와 공에서 사로 가고 싶을 만큼 친밀해지고 싶다면 상대가 부담을 느끼지는 않을 만큼의 간격을 두어야 한다. 반대도 마찬가지이다. 친한 만큼 일도 같이하고 싶지만 '이해관계'에서는 서로의 이익만을 따지지 말고 상대의 손해도 염려해 주는 자세가 필요하다. 이렇게 서로를 위한 거리와 배려가 사회생활에서 필요하다.

유년의 상처가 묻은 말

　중학교 2학년 때 따돌림을 당한 적이 있다. 소심한 성격 탓에 친구를 잘 못 사귀고 혼자 다니기도 했는데 두 아이가 주도적으로 나를 괴롭혔다. 지나가면서 일부러 치기도 하고. 운동 후 운동화를 실내화로 갈아 신을 때 내 신발을 멀리 던지기도 했다. 밥을 혼자 먹는 게 괴로워서 화장실에 숨어 밥을 먹을 때도 있었다.

　교실 밖 활동이 있는 날, 과학실이나 도서실에 갈 때면 교실에서 그곳까지 어찌나 멀게 느껴지던지. 그때 아무도 날 도와주는 사람이 없었다. 부모님께는 아무 말 못하고 나보다 어린 여동생에게 힘들다고 털어 놓았다. 동생은 같이 울어 주었다.

　담임 선생님께 상담 요청을 했더니 오히려 가해자들에게 내가 상담을 원한다는 사실을 알려 주어 나를 곤란하게 만들었다. 그 때의 기억은 지금도 나를 괴롭힌다. 관계 불안을 느낀다. 상대가 나에게 거리를 두면, 나를 버리지 않을까 하는 생각부터 든다. 상대에게 얼만큼 다가가야 하고, 멀어져야 하는지 모르겠다. 누구와도 다 가까이 지내야 좋은 관계라는 강박이 있다. 관계를 포기해 버린 때도 많다. 친해지고 가까워지는 간격을 조절하기 어려워서 시작조차 하지 않는다. 혼자가 편하다는 말속에는 내 어린 시절의 상처가 묻어 있었다.

한순간만 피어도 괜찮아

조금 오래전, 일 년 전쯤. 코로나가 창궐하기 전에는 여러 사교 모임에 나갔고, 그렇게 모임에서 주기적으로 보는 사이들이 있었다. 그러나 눈에서 멀어지면 마음에서도 멀어지는지 지금은 연락조차 하지 않는다. 그래서 '시절 인연'이라는 말을 곱씹는 요즘이다. 친해지려고 서로 다가갔는데, 지금은 멀어진 사이들.

아주 오래전에는 주기적으로 관계를 관리해 왔다. 연락이 뜸해진 사이 같으면 먼저 연락도 해 보고, 상대가 보자고 할 때까지 기다리기보다 약속을 잡았다. 그렇게 관계는 관리해야 한다고 생각했다. 그러다가 어느 순간부터는 그런 관리를 하지 않는다. 멀어지면 멀어지는 대로 굳이 붙잡으려 하지 않는다. 그래도 남을 사람은 남고, 그렇게 시간이 쌓여 10년, 20년이 되어 가는 인연들도 있으니까.

'시절 인연'이 되어 버린 인연들을 떠올릴 때면 내 노력이 부족했나 싶다가도 애써 매달린다면 상대에게 오히려 부담이 될 수 있다고 느낀다. 멀어지는 데에는 이유가 있겠지. 그리고 내가 애써 노력해서 유지되는 사이라면 얼마나 더 오래갈 수 있겠는가. 꽃이 한철 피어 아름다웠듯, 한때 피었다 진 관계들을 생각한다. 서로의 곁에 있었던 그때만큼은 가까웠고, 그때만큼은 서로에게 진심이었지. 그러면 왜 지금은 멀어졌을까. 꽃다운 관계들이어서 그래. 꽃이 일 년 내내 피어 아름다울 수 없듯, 그 관계들도 늘 피어 있을 수 없었기에.

'굳이'라는 말의 온도

'굳이'라는 말을 관계에 붙여 본다.

1. 헤어지고 난 뒤 '굳이' 인사를 톡으로 보내오는 이가 있어. '오늘 만나서 참 좋았어요. 다음에 또 봐요'라면서. 헤어질 때 이미 인사 다 나누었는데 톡으로 다시 그런 인사를 보내면, 괜히 마음이 싱숭생숭해져. 정말 좋았던 시간이면, '그래요, 또 봐요' 하고 답을 보내고 별 감흥이 없었다면 '아, 네네' 하고 단답으로 보내거나 읽씹을 하지.

2. '굳이' 봐야 하나 하는 사람. 일정한 시간이 지나도 서로 안부조차 묻지 않을 만큼 이미 멀어졌는데 '잘 지내셨죠?'라는 어설픈 안부를 묻는 사람들이 있어. 왜 어설픈 안부라고 하는지 알아? 십중팔구 그 인사 뒤에는 인사를 한 목적이 붙어 있기 때문이지. 자신한테 내가 필요한데, 자기도 연락하기 뻘쭘하니까 괜히 '잘 지내셨죠?'라고 말문을 트는. 나는 그런 톡을 받으면 반갑기보다 또 뭐가 필요하기에 연락했나 싶어

서 반감이 들어.

3. '굳이' 배웅을 해 주고, 내가 갈 때까지 손을 흔들어 주는 사람. 나갈 때 이것저것 챙기니까 짐이 많아지더라. 노트북, 도시락, 옷과 액세서리를 든 가방. 양손 가득 짐을 부리는데, 그런 내 옆에 있는 이들은 내 짐을 들어 주더라. 짐이 많아 무겁겠다면서 자신의 손이 비었으니 짐을 나눠 달래. 참 미안해. 나는 그때마다 '지은 죄가 많아서요'라고 고백하듯이 "제가 짐이 많은 사람이라서 죄송해요."라고 해. 짐이 많은 나로 인해 내 옆에 서는 사람들도 나의 짐을 나눠야 하는 게 참으로 미안해서. 사실 짐을 들어주지 않아도 괜찮은데(내가 부린 짐이니까, 내가 책임지는 게 당연하니까), '굳이' 짐을 나눠 들어 주는 사람들에게는 고맙고도 미안해. 내가 갈 때까지 나를 향해 손을 흔들어 주는 그들의 어깨 위에 여전히 내가 놓은 한숨이 올려져 있을까 봐 그래서 더 미안해.

친하다는 것은 얼만큼이에요?

인스타그램이나 블로그 인플루언서와 내가 친하다고 할 수 있을까? 얼굴도 보지 않는 사이들이지만 매일 올라오는 게시글에 '좋아요'나 '추천'을 눌러 주고 있으니까 친한 걸까?

대체 친하다는 것의 기준이 뭘까? 매일 보는 것? 아니 매일 보지 않더라도 매일 연락하는 것? 남들 앞에서 '친한 사람'이라고 자신 있게 소개할 수 있는 것? 아니, 그러면 다시 친하다는 것의 기준이 있어야 하는데 어떤 것을 가지고 그 친함을 논할 수 있을까? '베프'가 있어 본 적도 없고, 학창 시절 때부터 친구였어도 사회에 나와 알게 된 이들보다 서로의 근황을 더 모르니까 친하다고 말하기가 쑥스럽기도 하다.

그러면 가족들은? 부모님과 친하다? 동생들과 친하다? 날 낳아 주신 부모님 보고 친하다고 하니 오히려 더 거리감이 느껴진다. 동생들과 자주 교류를 하지 않으면 오히려 '동생들이랑 안 친해'라고 말할 수는 있다. 그런데 동생들과 여행을 다녀왔다고 남들 앞에서 동생을 '친한 사람'이라고 하지는 않으니까.

아, 그러면 알겠다. '친한 사람'의 기준은 일단 혈육 관계는 배제해야 한다. 그리고 얼굴을 못 본 사람도 친하다고 하기 뭐하다. 만나지도 않은 인스타 인플루언서와 나는 친한 사이라고 할 수 없다. 내가 매일같이 올라오는 피드를 보고 누군가의 근황을 쏙쏙 알고 있어도 그 사람에게 직접 들은 말이 아니라면 남들 앞에서 '친한 사람이 이랬어'라고 말하기 어려우니까.

그러면 '친한 사람'은 혈육이 아닌, 남이면서도 얼굴은 보는 사람이겠다. 그러면 다시 처음으로 돌아간다. 얼마나 자주 봐야 친한지 모르겠어. 연락은 또 얼마큼 해야 하지? 아니 그러면 자주 보기만 하면 친한 건가. 얼굴은 봐도 서로 수박 겉핥기식의 이야기만 할 수도 있잖아. 아무래도 친하다는 것의 기준을 모르겠다. 내가 봐도 나는 친해지기 어려운 사람인가 봐.

당연하지, 당근이지

'당연'이라는 말의 기준은 무엇일까? 당연의 사전적 의미는 '마 땅히 그러하다'이다. 그렇다면 '마땅히'의 기준은 누가 정할까?

이 말을 언제 했던가? 연인 간의 대화에서 '자기야 나 사랑하 지?'라고 물으면 상대는 '당연하지'라고 대답해 주는 흐뭇한 순간. 내가 과연 누군가의 당연함이 될 수 있을까?

'당연하다'라는 말이 딱딱해서 '당근이지'라는 말로 바꿔 보는 데 이 말, 왠지 낯설지가 않다. 당신의 휴대폰에도 깔려 있는 말 일 것 같아서(어떤 어플리케이션의 이름이니까). 당연하건, 당근 이건. 말처럼 쉬운 사이는 없다. 내가 해 준 만큼 상대가 100퍼센 트 갚아 주는 건 부모와 자식 사이에도 어렵겠지. 하물며 피도 섞 이지 않은 남에게는 말해 무엇하랴.

그래서 다시 답해 본다. 누군가의 당연함이 되겠다는 마음을 포기하는 게 맞겠다고. 사랑한다고 말한다고 '사랑'이 그 글자 온 전히 돌아오길 바라지 않겠다고. '사랑'에 '자랑'으로 획을 더해도 '사람'으로 모나게 닫더라도 혹은 '삶'으로 줄어들어도, 내가 깨지 지 않기 위해서는 오히려 당연한 걸 포기해야 한다고.

가을날의 곰을 좋아하세요?

계절 중에는 가을을 좋아한다. 내 생일이 있는 달이어서 그렇다. 좋은 일을 굳이 만들지 않아도 축하받을 수 있으니까 좋아해도 되지 않냐고.

그런데 가을은 시작하는 계절이기보다 매듭짓는 계절이니까 이제부터는 봄도 좋아하려고 한다. 그래야 나도 시작하지. 나도 누군가를 마음에 담고 피울 수 있지.

생각해 보니까 내가 연애를 못하는 이유는 가을을 좋아해서 그런 게 아닐까? 마음을 피우기보다 접는 때이니까. 사실 변명이다. 가을은 수확의 계절이기도 하므로, 봄에 씨앗을 뿌리지 않고 여름에 씨앗을 뿌려도 가을에는 거둘 수 있다. 심지어 가을에 심고 가을에 거두어도 된다. 제대로 시작만 한다면. 그렇지만 겨울에 심어서 겨울에 거두면 너무 추워서 안 된다.

시작해 볼 마음도 못 먹으면서 거둘 마음부터 생각하는구나. 역시 가을만 좋아해서는 안 되겠네. 봄도 좋아해야겠다. 나도 낯부끄러운 고백을 하고 싶다. '너를 좋아하나 봄', '사랑하나 봄'. 언제쯤 내게도 봄이 올까. 봄이 지나도 같이 걸어가 줄 사람을 만날 수는 있을까.

닮은 만큼 담는 걸까, 담는 만큼 닮은 걸까?

'닮다'와 '담다'는 동음이의어다. 철자는 다르지만 둘 다 발음은 [담따]로 되기 때문이다. 생각을 이어나가 본다. 나는 누구를 닮았을까? 엄마 아빠의 딸이니 당연히 엄마와 아빠를 닮았는데, 맏딸이니까 엄마를 조금 더 닮은 듯하고. 외형을 닮은 사람은 찾기 쉬워도 마음을 닮은 사람을 찾기란 쉽지 않다. 마음을 닮으면 담기가 쉬울까? 오히려 서로 달라야 매력적이지 않나. 저마다의 환경에서 자라 온 이들이 닮은 사람을 어떻게 만날 수 있을까.

그래도 욕심은 난다. 닮은 사람을 만나서 말하지 않아도 통하는 시간들을 보냈으면 한다. 한편으로는 닮아서 부딪치기도 하고, 질리기도 하겠지만. 말없이 눈빛만으로 서로를 토닥여 주는 사람을 만나고 싶다. 나처럼 구르고 쓰라린 경험이 많아서 글썽거리는 내 눈빛만 봐도 위로가 필요한 때임을 안고 보듬어 줄 사람. 물론 나 역시 상대의 뒤통수만 보아도 얼만큼의 그늘이 져 있는지 먼저 알아서 그의 뒤를 한 아름 안아 주고 싶다. 그렇게 닮은 사람을 오래오래 내 마음에 담아 두고 싶다. 그렇게 시간을 보내며 더 오래오래 서로를 닮아 가고 싶다.

이니셜의 흔적

　헤어지고 난 뒤 상대와 주고받은 물건을 정리해 본 사람은 안다. '헤어지면 정리하기 마련이다'라고. 그래, 물건은 정리한다고 치자. 그러면 마음은? 마음도 깡그리 정리가 되나? 5년간의 연애 후 전화로만 관계를 끝낸 첫 남자친구와는 오히려 홀가분하게 마음을 정리했었다. 그런데 그 뒤의 연애들은 정리가 잘되지 않았다. 오래 가지 못한 사이여도 그랬다. 몇 년을 만난 사이처럼 마음 정리가 되지 않아, 시작이 두려웠다. 혼자서만 마음을 키웠어도 마찬가지였다. 시작도 해 보지 못했음에도 불구하고 시작해 보지 못한 아쉬움에 마음이 더 커졌나 보다.

　고백하건데 처음 연애 상대를 홀가분하게 정리를 못했다. 그 뒤로 만난 상대마다 첫 상대의 이니셜처럼 'J'나 'H'가 들어가 있나 아닌가 하고 따져보곤 했으니까. 'J'와 'H'가 둘 다 들어간 경우도 있었고, 그 둘의 순서가 바뀐 경우도 있었다. 하나만 들어가 있기도 했다. 가끔씩 그 이니셜이 아예 없는 상대들을 좋아하기도 했다. 그러면 그에게서 다른 특징을 찾았다. '안경'은 썼는지 아닌지를.

첫 연애 상대가 안경을 썼다는 단순한 이유만으로 나는 거의 안경을 낀 상대들을 좋아해 왔고 만나 왔다. 금테보다는 검은테가 좋았다. 이실직고한다. 나는 처음 연애 상대를 깨끗하게 정리하지 못했다는 걸. 그 사람에게 매달리는 일만 하지 않았을 뿐이지 이니셜이나 아이템을 마음 한편에 둔 채 다른 이들을 만나 왔음을. 그러고 보면 JH, 너 참 지독하구나. 헤어진 지 오래인데 왜 아직도 내 연애사에 참견인 건데.

이룬 꿈, 못 이룬 꿈

옛날에 나는 무척 소심해서 발표도 잘 못했어. 국어 시간에 선생님께서 책 읽으라고 시키셨는데 나 하도 많이 떨어서 선생님께서 왜 우냐고 하셨지. 아직도 기억난다. 〈춘향전〉을 읽었는데 춘향이가 옥에 갇힌 장면도 아니었는데 목소리가 판소리 장단마냥 더러러러 했나 봐.

그런데 지금은 아니야. 지금은 처음 보는 사람과도 말도 잘해. 무슨 말을 해야 할까 하는 어색한 침묵이 흐를 때도 있지만 대화를 리드해 나갈 수 있어. 뿐만 아니야. 카메라 앞에서도 막힘없이 줄줄 이야기할 수 있어. 직업이 나를 바꿨지. 시간이 흐르니 나는 달라진 거야. 그러고 보면 학생 때 그렇게 목소리가 더러러러 하던 아이가 어떻게 남들 앞에 서는 일을 하게 되었을까 싶어. 그건 꿈 때문이었지. 고등학교 1학년 때부터 나는 국어를 가르치는 사람이고 싶었고 지금 나는 그 꿈을 이루었으니까. 꿈이 내 성격도 바꿔 놓은 셈이네. 낯선 이들 앞에서도 떨지 않고 말할 수 있을 만큼 위대한 꿈이야.

그런데 그 위대한 꿈도 바꿔 놓지 못한 게 있어. 좋아하는 사람 앞에 서면 여전히 떨리더라. 너한테 전화 걸기 전에 심호흡도 했다면 믿을 수 있겠어? 낯선 이들 앞에서도 뻔뻔하게 말할 수 있는데 왜 네 앞에 서면 떨리던지. 별말 아닌 말을 뱉는데도 떨었던 이유는 네가 이룰 수 없는 꿈이었기 때문일까.

'문득'이거나 '가득'이거나

오늘 문득 너를 떠올린다. 아니다. 사실 오늘만 너를 떠올리진 않았어. 매일이 너였다. 너를 마지막으로 본 날 이후로 나의 시간은 너에게 멈춰 있다. 그러니 '오늘'만 떠올렸다고 할 수 없어. '문득' 너를 떠올린 것도 아니지. 어제도 떠올린 너인데 '오늘 문득' 너를 떠올렸다는 말은 사실 거짓말이다. 언제나 떠올리게 되는 너인데, 그러면 나는 앞에 했던 말을 수정해야 하겠다. '오늘도 가득' 너를 떠올렸다고.

너무 많이 너를 떠올린 나머지 너와 해 본 적이 없는 일들이 내 머릿속에서는 생생하다. 단둘이 밥을 먹고, 영화를 보고, 산책을 하고, 언제 또 만나지 하며 아쉬운 작별 인사를 한다. 만나지 못한 날에는 누가 먼저 끊나 내기를 하듯 길게 전화가 이어진다. 현실에서는 단 한 번도 해 보지 못한 일들이 내 머릿속에서는 영화처럼 펼쳐진다. 그렇게 내 머릿속에서 너는 영원한 내 한 편이다. 완성되지 못한 한 편의 영화. 유일한 관람객인 나를 위한 영화. 그래서 평점은 늘 5점 만점인 영화. 상대역인 너는 찍고 있는

지도 몰랐을 그 영화는 늘 상영 중이다. 매일 너를 떠올리기에. 오히려 현실에서는 이루어진 적이 없기에 늘 해피엔딩인 영화. 현실처럼 다툴 일이 없고 헤어질 일도 없으니까. 나는 '문득' 너 아닌 다른 사람이 영화에 등장하면 어떨까 생각하다가도 고개를 젓는다. 다른 각본을 쓰기가 아직은 어려워.

'오래'의 깊이를 재어 본 적 있으세요?

'오래'라는 말은 얼마나의 깊이를 담는 말이면 좋을까? '조금'이라는 말이 덧붙은 '오래'는 마치 요리할 때 '소금을 적당량 넣으세요'처럼 받아들이는 이의 센스가 필요한 말 같다. 그래도 한 시간이나 하루 전은 '오래'라는 말로 표현하기에는 가벼워 보인다. 그렇다면 일주일 전? 적어도 24시간 동안의 일상을 낱낱이 열거하기 어려운 시간이 '오래'가 아닐까?

어떤 하루의 '오래'는 마치 어제처럼 선명하기도 해. 너와 처음 만났던 날, 그리고 너를 두고 떠나오던 날은 또렷하게 떠오른다. 하지만 서로가 서로의 곁을 떠난 뒤의 '오래'는 언제 들어도 오래다. 지금 내 손에 닿지 않는 이의 살결에서 어떤 내음이 났던가, 그의 목소리는 얼마나 잠겨 있었던가. 떠올리려 해도 떠오르지 않는 몇 개의 조각들이 있어 헤어진 뒤의 '오래'는 영영 오래다.

시소 같은 마음에게 전하는 말

　마음이 시소 같다. 상대가 좋은 만큼 잘해 주고 상대도 나에게 잘해 주길 바라니까, 상대를 평등하게 대하기 어렵다. 내가 잘해 주는 만큼 상대가 잘해 주지 않으면 실망하고 시무룩해진다. 왜 내가 좋아하는 것만큼 좋아하지 않느냐고 되묻지는 못하면서.

　나 혼자 커져가는 마음인 줄 알았는데 아니었나 보다. 채워지길 바라는 마음이었나 보다. 아니, 정확히는 네가 채워 주길 바랐나 보다. 그래서 늘 기울었다. 기대하는 만큼 기대고 싶었고, 기대지 못하면 기울어 버렸다. 오르락내리락하지 못하고 한편으로 기울었다. 그 시소의 끝에는 늘 나만 앉아 있었고 시소는 한편으로 기울어 버렸다.

　이제야 깨닫는다. 시소가 균형 있게 오르락내리락하려면 애초에 기대를 버려야 해. 상대에게 기대고 싶은 마음에서 잘해 주고 상대도 나에게 그만큼 해 주리라고 바라지 말아야 한다.

　마이클 조던은 말했다. "무슨 일을 하기 전에는 그 일에 대해 기대를 가져야 한다." 나는 그 말을 고쳐 본다. "무슨 일을 하기 전에는 그 일에 대해 기대를 가지되, 사람에 대해서는 기대하지 말라. 기대는 결국 내 마음을 기댈 자리를 찾고 싶은 나의 욕심이구나."

밤이라는 시간에 기대어

　너를 위해서 문자를 보냈다. '보고 싶어'라는 딱 네 글자. 밤 1시. 술에 취했냐고? 감성이 폭발했냐고? 아니다. 수시로 보내고 싶었던 문자를 굳이 1시에 보낸 이유는 밤이라는 시간이 너를 참던 내 마음을 변호해 주리라 믿었기 때문이다. '취해서 그랬나 봐. 밤이라서 그랬나 봐'라고 네가 넘겨도 될 여지를 주고 싶었다. 그런데 너와 나의 시간에 밤은 없었다. 너와 내가 만난 공간은 공적인 공간. 우리는 사적인 사이가 아니었기 때문에 우리의 시간에 밤은 없었다.

　그런 걸 알면서도 밤에 기대었다. 밤이니까 그럴 수도 있겠지라는 이해를 바랐다. 혹은 네가 나를 미친 사람이라고 여겨도 밤 탓을 하면 그만이니까. 잠이 오지 않아 그랬어. 하루를 넘은 시각이니까 너와 나의 선을 넘어도 된다고 생각했어. 밤 탓이야. 내가 넘은 건 아니야. 밤이 나를 넘겨주었어.

하루를 온전히 너와 함께할 수 없어요

어두울 때만 다정했던 사람이 있다. 밤의 시간에만 나의 다정한 연인이었던 사람. 둘만의 공간에서 그는 누구보다 나와 가까웠다. 그러나 가까워진 만큼 멀었다. 둘이서만 할 수 있는 것을 하면서도 정작 내가 하고 싶은 일을 나와 해 준 적은 없었다. 내가 영화를 보러 가고 싶다고 넌지시 말해도 너는 애써 못 들은 척을 했다. 왜 굳이 너와? 라는 반응이었지. 그러면서도 밤의 시간에는 꼭 나를 찾았다. 밤새 같이 있다가도 동이 틀 무렵에는 신데렐라처럼 너의 공간으로 가 버리는 너. 너 없이 아침을 기다리며 나는 울었다. 다시는 너를 좋아하지 말아야지. 가까워지지 말아야지. 어두운 시간에만 가까웠던 너로 인해 내 햇살은 많이 죽었다. 내가 감히 누구를 또 좋아할 수 있을까. 밝게 웃어줄 수 있을까.

어두웠던 시간에는 함께하지 못한 사람이 있다. 낮의 시간에만 볼 수 있었던 사람. 자신의 밤을 내어준 적 없는 사람. 그만큼 가까워질 수 없었던 사람. 그런 사람을 감히 또 좋아하기 시작했다. 다정한 연인이 될 수 없는 사람. 둘만의 공간에 같이 있을 수 없었던 사람. 각자의 공간이 아닌 서로의 공간에서만 봐야 하는 사람. 그래서 가까워질 수 없었던 사람. 내가 하고 싶은 일을 말할 수조차 없던 사람. 영화를 보러 가고 싶다고 밥 한번 먹고 싶다고도 말할 수 없던 사람. 밤의 시간에 연락할 필요도 없는 사람. 밤새 같이 있을 필요도 없는 사람. 너 없이 밤을 보내며 나는 울었다. 다시는 너를 좋아하지 말아야지. 가까워지지 말아야지. 낮의 시간에만 볼 수 있었던 너로 인해 내 그늘은 많이 죽었다. 적어도 네 앞에서는 웃으며 너를 대했어야 하니까. 아무 사이도 아닌 우리에서 나는 힘든 마음도 참아야 했으니까.

심리적으로 힘든 계절

나는 겨울이 싫어요. 추워서 싫냐고요? 아니요. 추위는 잘 견뎌요. 추우면 옷을 껴입으면 되고 핫팩을 붙이면 되니까요. 몸이야 그렇게 데우면 되는데, 마음은 데워지질 않네요. 겨울은 이별의 시간이었어요. 한 해의 마지막이니까 헤어짐이 당연하다고 하지 마세요. 한 해의 시작도 있는 계절이잖아요. 그런데 제 기억 속의 겨울은 만남보다 헤어짐의 계절이었어요. 누군가를 더 보지 못하고 묻어야만 했어요. 잡는다고 잡힐 사람이 아니라서 그냥 보냈어요. 그래도 나를 보내고 가겠다는 사람이었는데 저는 몇 분이라도 더 그 사람을 보고 싶어서 그 말을 듣지 않았어요. 결국 먼저 자리를 뜨는 사람 뒤에다 저는 말했었지요. '안아 달라고 하고 싶었어'라고. 왠지 그날이 그 사람과의 마지막 날일 것 같아서 용기 내어 말했어요. 안아 주는 사람이 되겠다고 하지 않고 안아 달라고 했어요. 네가 나의 위로이길 바랐었지요.

그날따라 더 춥지는 않았지만 안아달라는 말을 하면 그 사람과 더 가까워질 수 있을 줄 알았어요. 제 말에 그 사람이 보였던 벽이 녹을 줄 알았습니다. 말을 하고도 몇 번을 망설였어요. 말만큼이나 가까워지고 싶었나 봐요. '안다'라는 말을 할 만큼 그 사람을 잘 알지 못했지만, 마음이 원하는 대로 다가가고 싶었어요. 하지만 보냈어요. 눈에서 사라져 가는 사람을 보냈습니다. 그 사람이 나를 지긋지긋하다고 생각할까 봐요. 알고 싶고 안고 싶은 건 내 마음이지, 그의 마음이진 않았으니까요.

가만히 두라는 말에 내가 달려들면 그가 나에게 가졌던 인간적인 호감마저 사라질까 봐 보내 줄 수밖에 없었습니다. 그에게 내가 좋은 사람으로 기억되길 바라지 않아요. 적어도 싫은 사람이 되지는 않아야죠. 그래서 옷을 얇게 입었는지 나와 얘기하는 내내 덜덜 떨던 그 사람을 안아 주지 못한 채 보냈어요. 겨울이 싫네요. 누군가를 보냈던 계절이어서, 마음을 오들거리게 하던 계절이어서 싫어요.

원한 적 없는 배려

어느 순간부터 내 사랑은 '시작도 없는 끝'만 있었다. 연애를 줄기차게 하지도 않았는데, 끝은 무수했다. 제대로 시작해 본 적도 없는데, 더는 이어갈 수 없어서 접어야 했던 마음들. '우리 오늘부터야', '우리 만난 지 XXX일째야'라는 시작과 지속의 말보다 '우리 앞으로 볼 필요는 없을 것 같아', '더는 연락하지 마'라는 끝맺음의 말만 또렷하다.

시작이 있어야 끝이 있는 게 아니냐고? 아니, 사귀지 않는 한, 시작을 선명하게 맺을 필요 없는 관계이지만 끝은 오히려 또렷해야 한다. 그래야 상대가 시작할 수 있다. 나 아닌 다른 이와 이어갈 수 있다. 그는 왜 나와는 시작할 수 없었을까. 그 이유는 같지 않았기 때문이다. 내가 좋아하는 만큼 나를 좋아하지 않았다든가, 적어도 '좋다'라고 말할 만큼 나를 생각해 본 적은 없기 때문이다. 그런데도 그 관계를 확실하게 끝맺지 않으면 나만 계속 이어나갈 테니까 상대는 최소한의 배려로 끝을 맺어 주었다. 내가 원한 적이 없는 배려를. '더는 나를 좋아하지도 말아'라는 고마운 배려를.

떨어져야 아는 것

'든 자리는 몰라도 난 자리는 안다'는 말이 있다. 늘 숨을 쉬다가 숨을 참으면 그제야 공기의 소중함을 아는 것처럼. 스킨스쿠버를 배워서 필리핀 바다 깊은 곳으로 갔던 날이다. 수심이 깊어질수록 산소통을 많이 비워갔다. 그래서 옆에 있던 외국인 버디(스킨스쿠버 시 위급한 일이 생길까 봐 숙련자인 버디가 따라붙는다)가 새로 호스를 바꿔 주려고 했는데, 나는 버디가 갑자기 내가 물던 호스를 빼자 놀라서 몸부림쳤다. 그래서 버디의 의사와 달리 나는 버둥거렸고 급하게 물 위로 나오게 되었다. 나를 살리고자 했던 그의 행동이 나를 오히려 패닉 상태에 빠지게 했다.

늘 마셔오던 공기의 소중함을 물 밖에서는 미처 몰랐다가 물속에서야 아는 것처럼 네가 곁에 있을 때는 몰랐다가 너와 떨어지고 나서야 너의 소중함을 안다. 네 웃음이 얼마나 따스했는지, 네가 건네주던 말이 얼마나 세심했던지를 이제야 안다. 이제는 너처럼 따스하게 웃어 줄 사람도, 세심하게 챙겨 줄 사람도 없다. 아니 누군가 그렇게 웃어 주고 챙겨 줘도 나는 너처럼 따스하다고, 세심하다고 느낄 수 있을까. 내가 또 누구를 좋아할 수 있을지 자신이 없다. 누구를 좋아해도 아프지 않을 만큼 좋아할 수 있게 된다면. 또 시작할 수 있을 텐데 그럴 자신이 없다.

마음을 시로 빌리다 I

정지용 시인의 〈호수〉라는 시를 참 좋아한다. '보고픈 마음 호수만하니 눈 감을밖에' 너를 보지 못한 지 오래인 지금. 너를 보고 싶어 하는 마음이 호수만 하겠느냐만은(보지 못하는 시간만큼 보고 싶은 마음이 깊고도 커져 바다 정도는 되는 듯하다) '눈 감을 밖에'에 절절히 공감한다. 오죽하면 눈을 감았으랴. 눈을 감아도 떠오르는 내 얼굴이라서 '감았던 그 눈을 다시 뜨면' 김상옥 시인의 〈사향〉처럼 '그 마음 도로 애젓하'다.

너를 보고 싶은 마음이 커져 가도, 너를 보지 못하는 시간이 길어지니까 너를 지워가는 마음도 커져간다. 그래서 먼 훗날 네가 나를 찾으면 나는 김소월 시인의 말을 빌려 올 것이다. '오늘도 어제도 아니 잊고 먼 훗날 그때에 잊었노라'라고. 너를 잊었다고 말했지만 너를 잊지 못했기에 '먼 훗날 그때에 잊었'다고. 그것은 내가 더는 다치지 않고 싶어서 빌려오는 말이다. 잊었다고 말하는 그때만큼은 채워지지 않는 목마름에 마음이 타들어 가지 않아서.

널 보는 나, 파도 같던 나

내가 웃으면 따라 웃어 주는 너를 보며 마음이 잔잔해지곤 했다. 네가 나에게 말을 더 붙여 주면 그날의 나는 맑았다. 어떤 날은 네가 바빠 나에게 몇 마디 말을 안 해 준다고 나 혼자 토라지기도 했다. 마음이 거세게 일렁였다. 나 혼자 높았다 낮아졌다 파도가 물결쳤다. 나는 너에게 좋아한다고 마음을 표현했지만 너는 나에게 네 마음을 비춘 적이 없었으니까 너의 사소한 행동에도 마음이 혼란스러웠다. 좋아하면 다 그럴까. 너는 내 마음을 출렁이게 했다. 넘실거리는 내 마음이 가끔씩은 행동으로도 나타났다. 네가 나에게 다정했던 날에는 나도 너에게 잔잔하게 파도쳤고, 네가 나에게 별 관심이 없어 보이면 나는 거센 물결을 보냈다. 괜히 더 퉁명스럽게 너를 대했다. 내 마음 파도가 이렇게 출렁이는 줄을 너는 알았을까. 너 하나로 인해 내 마음이 요동치는 줄을 너는 알았을까.

나의 색을 칠했는데, 네가 그려지던 날

주기적으로 영상 촬영을 하고 있다. 자의로 이것저것 코디해서 헤어와 메이크업을 받으러 가는데, 의상에 대한 반응이 상반되어 기록해 본다. 어떤 분은 나에게 붉은 계열의 옷이 잘 어울린다고 하였다. 다른 분은 초록색이 잘 어울린다고 하셨다.

빨강과 초록은 보색이다. 과연 나에게 어울리는 색은 무엇일까? 나는 어떤 사람일까? 나에게 맞는 옷 색을 사람마다 다르게 보듯, 나라는 사람 자체를 떠올리는 색도 사람마다 다르게 느껴지겠지? 너에게 나는 무슨 색으로 기억될까? 복숭앗빛 웃음, 검게 그을린 한숨. 너의 장면 속에 갖가지 색으로 물들었으면 한다.

당신의 색은 무엇입니까

상대에게 무슨 색깔을 좋아하냐고 물어본 적이 오래다. 전공 과목으로 컬러 수업을 들으면서도 말이다. 물어본 적은 없지만 너는 과연 무슨 색깔을 좋아할까. 네가 쓰던 아이템들을 떠올려 본다. 하얀색 스니커즈를 즐겨 신었으니까 하얀색? 검은색 가방을 메고 다녔으니까 검은색? 봄의 색깔인 노란색, 여름처럼 시원한 파란색, 가을처럼 선선한 갈색, 겨울에도 온기를 넣어 줄 빨간색?

나 혼자 이 색, 저 색 매겨 보다가 나만 보는 캔버스에 요일마다 다른 색으로 너를 칠한다. 내 기분이 들떴을 때는 너는 분홍색 배경에 앉아 있고, 내 기분이 가라앉았을 때는 너는 우울한 회색에 둘러싸여 있다. 너에게 직접 네가 좋아하는 색을 들어 본 적이 없었으니 내 기분 따라 달라지는 너라는 색.

그래도 괜찮다. 어차피 너는 네가 무슨 색으로 칠해지는지 확인할 방법이 없을 테니까. 내 마음이 게을러 어떤 날은 너를 그려 놓고 칠하지 않을 때도 있겠지. 아니 아예 그림조차 그려지지 않는 날도 있겠지. 나 혼자 키워가던 마음이 지쳐 내가 붓을 꺾어 버리기도 할 거야. 그래도 넌 모르겠지. 여러 차례 붓을 꺾다 보면 이 마음이 접어질 수 있을까. 너에 대한 마음을 언제야 더는 그리지 않아도 될지 막연하기만 하다.

마음에 짐을 지워 준 사람

지금에서야 알게 되었어. 너는 마지막 날 전까지 네 마음을 나에게 비춰 준 일이 없다는 걸. 그럼에도 나는 너도 나와 같은 마음이라고 생각하고 있었던 거야. 내가 좋아하는 것만큼은 아니어도 너 역시 나를 좋아하니까 나와 눈이 마주쳐도 시선을 피하지 않았다고 생각했어. 너도 나를 신경 쓰고 있다고 생각했나봐. 나와는 달리, 너는 나에 대한 너의 마음을 내비친 적이 없었지만 말이야.

나는 마치 너도 내가 좋다고 말한 것처럼 행동하기도 했어. 그래서 너에게 이런저런 행동을 요구했지. 내가 먼저 문자하면 네가 꼭 답장하길 원하고 전화하면 받길 원하고. 생일날에는 축하의 말한 줄을 해 주길 원했지. 지나고 보니 너는 나에게 그런 행동을 할 만한 사이도 아니었는데 나는 네가 무슨 나의 연인이라도 된 것처럼 행동했나 봐.

마지막 날 너는 그제서야 네 본심을 얘기하더라. 내가 이러는게 '부담스럽다'고. 자신이 언제 여지를 준 적이 있냐고. 얻어맞는 기분이었어. 내가 너를 '진심으로' 좋아했는데 너는 내 행동이 부담스럽다니. 누군가를 좋아하는 마음마저도 부담일 수 있다는 게 충격이었어. 생일을 같이 보내자고 조른 것도 아닌데, 크리스마스에 같이 눈 기다리자고 한 것도 아닌데. 연말연시에 함께 있어 달라고 한 것도 아닌데. 철저히 너에게 내쳐진 나는 이제 또 누구를 좋아하기가 겁나.

짝사랑 전'문'가의 변명

A: '곰'을 거꾸로 하면 뭐가 되는지 알아?

B: 설마 '문'이라고 하려는 건 아니겠지?

A: 맞아. '문'. 그래서 내가 곰처럼 미련한가 봐.

B: 알긴 아네?

A: 그래, 난 상대는 들어올 마음도 없는데 문을 열고 기다리거든. 하도 많이 열어 놔서 상대는 그게 문인지도 모르나 봐. 늘 열려 있는 줄 아나 봐. 자신이 어떻게 대하든 내가 다 받아줄 줄만 아나 봐. 그래서 내가 전'문'가 아니겠어. 짝사랑 전문가.

B: 왜? 전문가야? 고백해서 잘 되기라도 했어?

A: 아니. 한 번도 성공한 적이 없지.

B: 그런데 왜 전문가인데?

A: 내가 먼저 좋아해서 잘된 적이 없으니까. '짝사랑'만 전문가지.

B: 밀당 같은 것도 좀 하지 그래?

A: 그런 걸 왜 해. 내가 좋아하면 끝이지. 그래서 고백도 해 봤어. 아직도 기억해. 그 사람 차에서 이승환의 〈물어 본다〉

(이제 생각해 보니 이것도 '문▓'이네)가 나왔었어. 그 노래의 하이라이트를 듣다가 내 마음을 고백했던 그때. '도망치지 않으려 피해가지 않으려' 내 마음에 솔직했었어. 상대도 나와 같은 마음인 줄 알고. 그랬는데 상대가 조금만 더 생각해 보겠대.

B: 그래서 상대가 뭐라고 했는데.

A: 나 전문가잖아. 당연히 실패했지. 그러면서도 웃기게도 나랑 계속 만나더라. 사귈 마음은 없으면서 계속 만나더라고.

B: 그러면 지금도 만나?

A: 아니지. 지금은 아니야. 내가 큰마음 먹고 잘라냈거든. 같지 않은 마음이 나를 좀먹기에 내가 그 사람한테 그만두자고 했어. 그만두자는 말은 최소한 얼굴은 보고 말하려고 했는데 상대가 바쁘다면서 만나 주지도 않더라고. 그래서 비대면으로 끝냈어. 코로나도 아니었는데, 비대면으로.

B: 너 정말 미련했구나. 고백도 하지 말지 그랬어.

A: 응, 그럴 걸 그랬나 봐. 그런데 나 정말 곰 맞나 봐.

B: 왜? 또 무슨 일 있었어?

A: 응. 그 뒤로 내가 한 번 더 고백한 적이 있어. 이번엔 다른 사람한테.

B: 그래서 그건 또 어떻게 됐는데?

A: 나 전문가잖아. 당연히 실패했지. 이번에 이 사람한테는 나

는 또 누구를 좋아하기조차 겁났다고까지 말했으니까 잘될 리가 있었겠어. 심지어 이 사람은 나한테 내가 다가오는 게 부담스럽기조차 하다고 얘기하데.

B: 이제 고백하지 마. 해도 잘 안 되는데 뭣하러 고백해.

A: 그럴까 봐. 이제는 정말 누구를 좋아할지 모르겠어.

좋아한다면 잘하세요

향을 맡다 보면 그런 생각이 들어요. 좋아하는 향을 맡으면 기분이 좋아지는데, 좋아하는 일만 맡고 살 수는 없을까. 다들 그렇잖아요. 좋아하는 일만 하고 살 수는 없다고. 저는 어려서 국어를 좋아했고 그래서 국어를 가르치고 살고 있어요.

향수를 좋아해서 향수를 모으다 조향사 자격증도 땄고, 향도 가르치고 있어요. 국어도 좋아하고 향도 좋아해서 일도 하고 있죠. 그렇지만 그렇다고 스트레스를 받지 않는 건 아니더라고요. 국어를 좋아하지만 잘 가르쳐야 하고, 향을 좋아하지만 사람들에게 잘 맞는 향을 알려줘야 하니까요.

그러고 보니 좋아하는 만큼 잘해야 했어요. 좋아하는 일로 밥벌이하면서 살려면요. 내가 좋아한다고 끝이 아니라 남들도 좋아하게 만들어야 하니까요. 아니 좋아하는 것까지 모르겠다면 최소한 싫어하게는 하지 말아야 하니까. 그러려면 잘해야 해요. 그런 부담이 생기면 더는 좋아하기 어려울 수도 있지만, 최소한 좋아하는 일을 생계로 삼으려면 잘해야 해요. 효율을 내야 해요. 그런

압박을 받으면서도 계속 좋아하는 마음을 간직할 수 있을지는 모르겠지만요.

사회라는 게 그래요. 좋아하는 데에서 그치면 아무도 알아주지 않아요. 잘해야지 알아줘요. 누군가 알아주기를 원하지 않는다면 마음껏 좋아해도 되죠. 아, 아니구나. 마음껏 되지 않는 것도 있는데, 그게 사람이죠. 내가 좋아한다고 상대도 나를 좋아하리란 보장을 받는 게 아니니까. 그러면 사람을 좋아하는 것도 잘해야 하는군요. 상대가 나를 좋아하게 만들려면, 아니 최소한 싫어하지 않게 만들려면 '잘' 좋아해야 하나 봐요.

내가 좋아했던 순수

너는 아니? 손끝만 스쳐도 인연이라는데 너와 나는 정말 손끝만 스쳤더라. 그래서 내가 말한 적 있지? 자기가 언제 여지를 줬냐는 너의 물음에 '손끝이 닿은' 적이 있다고. 내 말에 네가 어이없는 듯 웃더라. 그렇다면 지하철에서 만난 사이와도 다 인연이냐면서. 게다가 여지를 주었느냐고 너는 물었지. 너의 물음에 너와 함께한 시간 동안 느낀 미묘한 기류를 내가 어떻게 다 말로 설명할 수 있었겠어? 말없이 서로를 응시한 시간들까지 말로 풀어낼 수는 없었으니까 나는 그저 '손이 닿았다'고 말할 수밖에 없었어.

나도 이런 적은 처음이야. 너를 떨칠 수가 없더라. 내가 아직도 순수하게 누구를 이렇게 좋아할 수 있다니. 너는 그저 내가 너를 좋아한다는 고백을 들어 줬을 뿐인데 나는 너를 계속 좋아했어. 사랑이라는 말은 차마 못하겠어. '사랑'이라는 두 글자로는 충분하지 못하니까. 너에게도 '나도 좋아해'라는 말을 들은 적은 없으니까 '사랑'이라고 할 수 없지. '짝사랑' 아니면 '외사랑'이라고 해야 하니까.

너는 내가 좋아했던 순수야. 너라는 사람을 참 많이 좋아해. 그리고 너를 좋아했던 나를 좋아해. 네가 어떤 사람인지는 모르겠지만 하나는 확실해. 서로의 손을 마주잡은 적이 없어도 너를 좋아했다는 사실. 너를 놓는다는 것은 내 순수함을 잃는 것 같아서 한동안은 너를 품을 거야. 그건 아마도 순수했던 내 시간을 지키고 싶은 내 변명인지도 모르겠지만.

마음을 시로 빌리다 II

상대의 말 한 마디, 행동 하나에 마음이 오르내릴 때가 있다. 여유 있게 상대를 좋아하기보다 나 혼자 좋아하는 마음인 것 같아서 상대의 하나하나의 순간에 신경 쓰다 보니, 상대를 좋아했다, 미워했다 나 혼자 북 치고 장구 치고 하는 마음일 때가 있다. 카톡에서 상대를 숨기기도 하고 연락처를 지우거나 지나온 짝사랑의 경험을 생각하며 상대를 내려놓는다.

어느 날은 상대만 둥둥 떠올라, 숨이 벅차다. 그래도 너만 한 사람은 없지. 아무리 지워 내려고 해도 떠오르는 너. 반발심인 것 같다. 생각하려 하지 않으면 더 생각이 나서. 나는 그럴 때면 나희덕 시인의 시를 떠올린다. '나의 생애는/모든 지름길을 돌아서/네게로 난 단 하나의 에움길이었다'. 아무리 지우려고 해도 떠오르는 너는 하나의 길인가 보다. 그래서 나는 또 네게로 걷는가 보다.

저의 연애 사업은 개점 휴업입니다

A: 한때는 '고민이 없는 게 고민이라고' 배부른 소리를 했던 것 같아.

B: 지금은?

A: 고민할 시간조차 없는 게 고민이지. 너무 바빠. 잠잘 시간도 쪼개 살고 있어.

B: 왜 그렇게 바쁘게 살아?

A: 한때 흘려보낸 시간 때문에 그래. 슬럼프를 오래 겪었거든. 일도 사람도 힘들 때가 있잖아. 그렇게 사는 것에 현타가 왔어.

B: 지금은 극복했고?

A: 극복이랄까. 모르겠어. 일은 꾸준히 하는데 누구를 만나기는 여전히 자신이 없네. 누구를 또 만나고 알아가고 하는 게 지쳐.

B: 내가 봤을 땐 너 눈이 너무 높아.

A: 그런가. 눈이 높은지는 모르겠지만 새롭게 시작할 자신이 없어. 시작해도 어차피 끝날 텐데.

B: 에이, 모르잖아. 그래도 많이 만나 봐야 좋은 사람도 만나지.

A: 많이 만나면 좋은 사람 만난다고? 모르겠다. 내가 좋은 사람이어야지 좋은 사람을 만나겠지. 아직 그러려면 멀었어.

아직 누구를 만나지 않은 이유는 사실 너 때문이야. 아무나가 아닌 너와 시작해 보고 싶어서. 나만 시작하고 싶다고 시작할 수도 없는 걸 알지만 너를 단념할 수가 없어. 시작할 수 없다면 품지도 말아야 하는데 너는 자꾸 품게 돼. 너에 대한 생각이 계속 꼬리를 물고, 너로 찬 내 마음속에 다른 누구를 담을 자신이 아직은 없어. 그렇지만 누구에게 섣불리 네 이야기를 할 수도 없어. 다들 시작해 보라고 용기를 주기보다 이제 그만하라고 할 게 뻔하니까.

고백도 역주행을 해요

거꾸로 한 고백. 나는 너에게 제대로 좋아한다고 말한 적은 없었어. '나 너 좋아해'라는 다섯 글자가 만들어 낼 결과에 책임질 만큼 용기 있지 못했어. 반대로 행동했어. '이제 마음을 접어야 한다'고 생각했어. 그래서 너한테 차갑게 대하려고 일부러 네 눈도 마주치지 않았어. 오전 내내 너와 눈조차 마주치지 않는 나를 보고 네가 먼저 말을 걸더라. 할 말이 있다면서. 마음이 철렁했어. 내가 왜 이러는지 네가 알아채 버렸나 하고.

너와 마주하는 내내 나는 네 눈을 보지 않았어. 왜 마음을 펴 보지도 못하고 마음을 접어야 했는지. 그건 나의 과거 때문이었지만. 네가 마음을 접어야 하는 상대가 된다는 것만으로도 네가 미워서 나는 너와 말하는 내내 네 눈을 일부러 피하며 '마음을 접어야 하니까요'라고 말했지. 그런데도 너는 알아듣더라. 설마 자기를 좋아하냐고.

너에게 털어놨어. 내가 먼저 좋아하면 잘 안 되는 걸 아니까 마음을 접겠다고. (이게 나의 과거였지, 나는 내가 고백해서 잘

된 역사가 없었거든.) 내 말을 다 들은 너는 나를 도와줄 수가 없다고 했지. 자신도 해야 하는 일이 있는데 나를 도와줄 수 없다고. 결국 너는 내 고백을 들어주지 않았어. 그럼에도 불구하고 나는 너를 볼 때마다 마음이 일렁거려 너에게 몇 번이고 다가갔어.

어떤 날은 바쁘지만 너와 만날 시간은 있다고 나를 홍보하기도 하고, 어떤 날은 담담하게 너와 하고 싶었던 일들을 털어놓기도 했어. 너는 내 이야기를 들어는 주었지만 네 옆자리를 주지는 않았어.

너는 확고했어. 나보고 마음을 접으라고 할 수는 없지만 마음을 받아줄 수는 없대. 나를 친절하게 대해 주는 너를 보고 너도 나를 좋아한다고 착각하고 키워 온 내 마음은 결국 방황하고 말았어. 너를 본 마지막 날 너에게서 더 이상 연락하지 말라는 대답을 남긴 채.

진심이 부족해

사랑에 빠지면 맹목적이 된다. 상대의 경고 메시지에 부딪히기 전까지는 직진한다. 내가 하는 모든 일에 열정적이듯 사랑도 열정적으로 한다. 그게 진심을 다하는 것이라 생각한다. 먼저 마음을 표현한다. 상대에게 이것저것 챙겨 주고, 보고 싶다고 한다. 상대가 아직 마음의 준비가 되지 않았는지는 미처 신경 쓸 겨를이 없다.

내가 진심인데 당연히 상대가 받아 줄 것이라는 오만함을 불편해하는 상대가 있었다. 내 마음의 불길이 넘실대어 자신 또한 함께 타들어 가는 것을 꺼리던 상대. 물불 안 가리고 덤비던 내게 찬물을 끼얹은 사람이 있었다. 타오르던 불길이 사그라들었다. 다시 이성의 눈이 켜졌다. 조심스러워졌다.

이제 다시 누군가를 감히 열정적으로 좋아할 수 있을까. 진심을 다하는 것이 열정을 쏟는 것과 동의어가 아님을 배웠다. 상대에게 거절을 듣더라도 최선을 다했노라고. 누군가를 좋아하고 표현하는 그 순간만큼은 솔직하지 않았었느냐고 마음을 달래야 했다.

내 마음의 온도와 같은 사람을 만나면 그때는 다시 타오를 수 있을까. 고산지대에서는 물이 더 높은 온도에서 끓는다지. 고산지대 같은 사람을 만나면 마음이 더 높아져도 괜찮을까. 쓰리고도 허전하다. 타고 싶어도 탈 수 없는 마음을 가만가만 붙잡으며 진심을 곱씹는다.

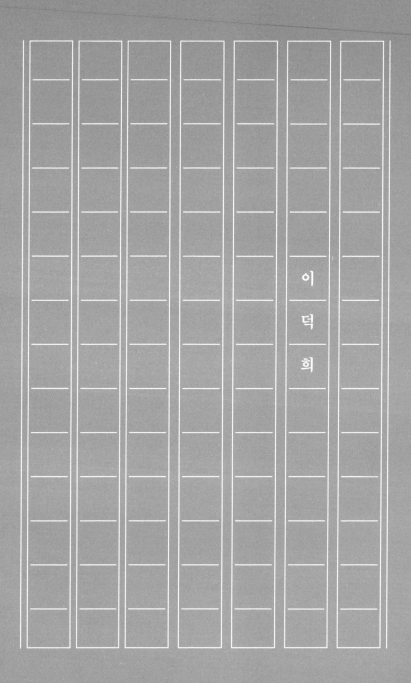

이
덕
희

이덕희

20년, 흔한 직장인으로 고군분투한 시간을 뒤로 하고 이제는 심리상담사라
는 새로운 길을 걷고 있다. 다양한 사람만큼 넘쳐나는 수많은 이야기 속에
울고 웃으며 특히 직업과 진로에 대한 고민을 나누며, 그들의 인생을 나란
히 함께하고 있다.

대체 뭐가 되려고

동네의 조용한 카페에서 혼자 분주한 여자가 있습니다. 앉아 있는 1시간 사이에 여러 번 전화를 받습니다. 첫 번째는 좋은 부동산이 있으면 알려달라는 친구의 전화입니다. 두 번째는 외국인 손님 접대를 해야 하는데 어디가 좋을까 묻는 회사의 상사의 전화입니다. 세 번째는 동료가 종합소득세를 어떻게 신고해야 하는지 묻습니다. 도대체 무엇을 하는 사람일까 생각해 봅니다. 펼쳐 놓았던 노트북을 접고 잠시 창밖을 보더니 찬 커피를 쭉 마셔 버리고 차례차례 메시지로 답을 합니다. 그리고 급히 가방을 챙겨 어디론가 나갑니다. 나갔던 여자가 급히 들어오더니 콘센트에서 노트북 연결선을 뽑아서 가방에 대충 욱여넣고는 바쁜 걸음으로 떠납니다.

나는 어릴 때부터 여러 가지 꿈을 가지고 있는 사람이었습니다. 요즘은 좋아하는 일이 없는 게 고민이라는 사람이 많습니다. 무엇을 좋아하는지 모르겠다는 사람도 많은데 다행인지 나는 어릴 때부터 의사, 교수, 사업가, 여행가 등 수많은 꿈을 가지고 살았습니다. 무수한 직업의 종류를 몰라서 들으면 알 만한 직업들을 꿈꿔 왔는지도 모르지만 살면서 뭔가가 계속되기를 꿈꿨던 것 같습니다. 물론 현실의 벽에 부딪혀 저 꿈들을 그냥 흘려보내며 자연스럽게 포기했지만 말입니다. 그냥 점수에 맞춰 대학에 들어갔고, 그럭저럭 회사에 취직도 했고, 그냥 회사 출근했다가 퇴근하고 가벼운 취미를 가지며 그저 알뜰히 저축하고 그렇게 살아도 될 일이었습니다. 그리고 꽤 괜찮게 살아가고 있다고 생각도 했습니다. 하지만 내 마음속에는 뭔가 뻥 뚫린 듯 허전함이 있습니다. 일도 꽤나 잘한다고 인정받았던 것 같고, 대인관계도 그리 나쁘지 않아 진정으로 생각해 주는 여러 동료들이 있었습니다. 그런데도 무엇보다 회사 생활에 불만이었던 건 여러 상황에서 내 직무인 회계부서 역할 외의 일들이 주어질 때, 내가 이걸 왜 해야 하는지 모르겠다는 점이었습니다. 동료들의 개인적인 일부터 회사의 자질구레한 일들, 심지어 회사 이전하면서 직접 사무실 인테리어를 했던 일까지, 그러다 보니 대체 내가 뭘 하는 사람인지조차 혼란스럽고 때로는 가치 없고 쓸모없게 느껴졌습니다. 정말이지 10년이 넘어서자 외국 손님들이 올 때 갈 수 있는 식당을 알아보는 일, 설명회를 할 호텔이나 컨벤션 센터를 잡는 일, 동료들의 개인적인 세금 문제, 심지어 부부싸움 문제, 자녀 문제, 동료들 사이의 갈등 문제 등등 이런 일들을 대하는 시간이 하루에 적게는 두 시간부터 많게는 여섯 시간까지 늘어나 업무 이외의 시간을 지배해 버렸습니다. 그때 나는 수없이 되물었습니다. 대체 나는 뭘 하는 사람이며, 대체 이렇게 살아서 나중에 뭐가 되려고 쓸데없는 시간을 보내느냐고 자책하고 후회하고 힘들어했습니다.

그런데 이렇게 될 줄 알았으면 그렇게 후회하고 힘들어하지 말 것을 그랬습니다.

지금 나는 마음을 치유하는 상담사입니다.

내가 10년 전 그런 일들을 경험해야 했던 이유를 이제 알 것 같습니다.

그 지긋지긋하다고 느꼈던 경험들이 지금 상담사로서 일하면서는 정말 소중하게 느껴집니다. 세상 쓸데없다고 생각했던 여러 경험이 나의 내담자들을 공감하고 이해하는데 아주 많은 도움이 됩니다.

정말이지 세상에 쓸모없는 경험은 없습니다.

좋은 운을 알아보는 법

1. 사람에게는 다 그럴 만한 사연이 있다는 것. 그래서 함부로 조언하지 말아야 한다는 것.

2. 누구나 자기 삶에 최선을 다하는 사람은 결국 자신이라는 것. 그러니 스스로에게 수시로 물어야 한다, 최선을 다하고 있냐고.

3. 노력도 중요하지만 운도 중요하다는 것. 그래서 노력을 하되 운을 보는 눈도 키울 것. 그 운을 알아볼 수 있는 눈, 좋은 운의 선택은 내 마음이 한다는 것.

어떤 사주팔자를 오래 공부했다는 할아버지가 그랬다. "사람에게는 모두 다 좋은 운이 주어져요. 하지만 그 운을 잡을지 말지 하는 선택에서 마음의 눈을 뜨지 못한 사람은 좋은 운을 잡지 못해 힘들게 사는 거죠." 그러면서 우리가 진지하게 마음을 들여다볼 기회를 얻어야 하는 것은 이 세상 사람들이 모두 원하는 성공이라는 것을 하는 데 필요한 것이라고 했다. "선택의 순간에 순리대로 선택을 하려면 일단 제대로 볼 수 있는 눈이 있어야 하는데,

내 마음이 어떤 일들 때문에 상처받고 다쳐서 편견을 가지면, 판단이 흐려지는 거예요."

그래서 나는 마음을 살펴보는 사람이 되었다.

고민의 진짜 주인공

후덥지근한 공기와 함께 일어났다. 날씨가 갑자기 더워진 탓에 어떤 옷을 입고 가야 하나 주섬주섬 몇 벌을 뒤적이다가 결국은 제일 먼저 집어 들었던 옷을 입고 출근을 했다. 오전 9시부터 운전을 하면서 항상 내가 고민하는 건, 강변북로를 따라갈까, 그냥 시내를 관통해서 갈까하는 것이다. 나는 또 갈림길에서 그 순간에 왼쪽으로 가는 앞차가 있으면 왠지 모를 반항심에 오른쪽 길로 핸들을 돌려 강변북로를 탔다. 아침을 잘 먹지 않지만 대상포진을 앓은 후로 어쩌면 내가 아침을 걸러서 건강이 안 좋아진 것 같다는 생각을 했다. 샌드위치를 하나 사 들고 상담실에 들어섰다. 한 입 베어 물려는 순간 노크 소리. '앗! 벌써 왔구나' 반갑게 문을 연다. 키가 훤칠하고 듬직한 어깨를 가지고 깔끔하게 머리를 손질한 어떤 20대 남자가 나의 상담실에 들어섰다. 항상 그렇듯 어떤 문제로 찾아온 것인지를 묻는다.

"선생님, 저의 고민은 하는 일마다 실패를 하는 것입니다. 지금 나이가 20대 후반이 되어 가는데 저는 제대로 이루어 놓은 것이 없어요."

"아 정말 고민이 되시겠네요. 지금까지 어떤 일을 하셨나요?"

"학교를 졸업하고 미용사를 하려고 자격증을 따고 일을 시작했는데 그만두었고요. 군대를 갔다 와서 무엇을 할까 하다가 유학을 준비해서 대학을 갔어요. 그런데 제가 갔던 지역에서 하필이면 폭동이 일어나는 바람에 1년 반 만에 다시 귀국해서 돌아왔어요. 또 실패죠."

잠시의 침묵이 흐른다. 나의 얼굴에 미소가 번진다. 고민이 해결될 것 같아서다.

"미용 자격증도 땄고, 군대도 다녀왔고, 유학 준비도 스스로 해서 다녀오는 경험도 했고, 제가 이렇게 짧은 시간에 들은 것만도 이룬 것이 3개나 되는데요."

당황스러운 표정을 짓던 그의 얼굴에 미소가 번진다. "그러네요."

"그런데 어떤 것 때문에 이룬 것이 없다고 생각하셨어요?"

"아…. 그건 저희 아빠가 그렇게 말씀하셔서요."

이 청년의 진짜 고민은 '아버지'였다.

이루어 놓은 것이 없다고 생각하는 것도, 실패라고 생각하는 것도 사실은 그의 아버지였다.

자식 걱정도 많고 아끼는 마음도 저보다 훨씬 더 많으시겠지만,
우리 아버지들
그냥 잘했다고, 그냥 경험이라고, 그냥 괜찮다고, 그냥 믿는다고
그렇게 말해 주면 좋겠습니다.
그러면 그는 실패하지 않은 아들이 됩니다.

다 다름

예전에 인테리어를 할 때 페인트 가게에서 조색기를 본 적이 있다. 사장님은 흰색과 초록을 섞어 카페 인테리어에 쓸 민트색을 만든다고 했다. 그런데 이때 페인트의 양을 충분히 만들어야 한다고 했다. 그렇지 않고 두 번을 만들면 기계가 잘 섞는다고 해도 마르면 미세하게 다른 색이 난다고 했다. 또한, 색을 잘 만들기 위해서는 형광등이나 전등불 밑에서 하면 전혀 다른 색이 나오기 때문에 안 되고, 또 색을 비교할 때도 적당한 각도와 적당한 거리에서 짧은 시간에 비교하는 것이 좋다고 했다. 결국 조색을 할 때는 '빛'이 큰 부분을 차지한다.

사람도 색깔도 정말 다양하다. 어쩌면 사람이 색깔에 비유되는 건 당연하다. 쌍둥이조차도 다르다. 보는 사람의 시각에 따라서 어떻게 보느냐 하는 태도부터 달라진다.

우리는 누구나 존중받는 삶을 원한다. 다 다르기 때문에 나에게는 당연하게 받아들여지는 일상이 다른 사람에게는 그렇지 않을 수 있다. 그런 다양한 생각을 열어 두는 것, 나의 의견을 자유롭게 말할 수 있는 것, 차별받지 않을 수 있는 권리, 그것은 '빛'과 같다.

어떤 '빛'이 있는 곳에 서 있느냐 하는 것이 보는 각도를 결정한다.

우리의 다름은 소중하다. '다 다름'

단 하나뿐인 이야기

오늘은 4명의 내담자가 예약되어 있는 날이다. 첫 번째 내담자는 내가 나와 분리되어 내가 나를 살아가는 것인지 그냥 살아가는 것을 바라보는 것인지 모르겠고, 병원에서는 해리 장애라고 하는데 그 병명보다 더 괴로운 건 이런 나를 이해해 주는 사람이 없어서 외롭고 혼란스럽다고 한다. 두 번째 내담자는 양극성 장애, 즉 조울증을 경험하고 있는 분이다. 너무 넘치는 에너지를 감당하지 못하고 무리가 되는 일을 여러 가지 벌이고 시도해서 힘들다고 한다. 세 번째 내담자는 너무 에너지가 떨어져서 해야 할 일들을 아무것도 하지 못하는 것 때문에 힘들다고 한다. 네 번째 내담자는 그냥 일상생활을 하기에 큰 불편은 없지만 너무 별일이 없고 또 뭐든지 적당히 하려고 해서 나중에 도태되는 것이 아닌가 고민이라고 한다. 좋아하는 것이 있어도 좋아하는 걸 찾지 못해도 고민이라고 한다. 이런 고민을 듣고 있는 나도 어떤 것들이 최상의 것이라고 말할 수 없어 고민이다. 어쩌면 각자의 인생을 살아내는 그것이 우리에게는 다들 힘든 고민인 듯하다. 어찌 되었든 4명의 내담자와 1명의 상담자, 다섯 명 모두 고민이 있다. 지금만 고민일까 생각해 보면 예전에도 끊임없이 고민하고 극복하고 지금 여기 이 자리에 함께 있는 것이다. 이렇게 다양하고도 누구도 경험하지 못한 단 하나의 이야기를 딛고 지금 우리는 마주하고 있다. 위대하고 특별한 인생이 내 앞에 앉아 있는 경이로운 순간이다.

인생이라는 것

1. 불교에서는 인생이란 고(苦)라고 한다.

어떤 불교학자는 삶의 대부분은 고(苦)인데 그 중간중간 가끔씩 락(樂)이 찾아온다고 했다. 이렇게 굴러가는 것이 삶이고 인생이라고 한다. 그래서 삶은 대부분 쓴맛이 단맛보다 많다. 아주 잠깐 느끼는 '락' 때문에 사람들은 대부분 그것을 얻기 위한 '고'를 선택한다. 그러면서 행복하고 싶었다고 말한다.

2. 인생은 가까이서 보면 비극이지만, 멀리서 보면 희극이다.

어떤 인생 그래프에서 하나의 점이 점인 이유와도 같다. 점들이 모여 선이 되고 우리는 그것을 선(line)이라고 생각한다. 그 지점에서 보면 좌절할 만한 일들이 그 후에 보면 천만다행이었던 경우가 종종 있다. 그 당시에 정말 잘 됐다고 생각했던 일들이 나중에 보면 다른 선택을 했으면 좋았을 경우이기도 한 것처럼.

3. 인생은 도박이라는 말도 있다. '어떻게 될지 모르는 게 인생이다'라는 뜻이다.

학습 심리학 수업 시간에 교수님께서 그러셨다. 도박이 끊기 힘든 이유가 뭔 줄 아냐고. 그 이유는 불규칙적인 자극 보상 즉, 일정하지 않은 보상이 주어지기 때문에 중독을 끊을 수 없다고 하셨다. 인생을 도박에 비유하는 것은 가끔씩 찾아오는 행복이 우리의 삶을 이어나가게 하기 때문 아닐까.

번뇌 없는 바나나

요즘은 딸바가 유행이다. 딸기와 바나나를 섞어서 갈아 놓은 과일주스.

딸기가 감히 바나나와 섞이다니. 예전 같으면 상상도 못할 일이다. 물론 새콤달콤한 딸기도 참 좋아하지만, 예전 내가 어렸을 때는 바나나 선물은 정말 특별한 것이었다. 달달한 냄새부터 시작해서 말캉한 식감과 신기한 맛까지 온 식구가 동그랗게 둘러앉아 가운데 바나나를 두고 얼굴에는 가득 미소를 띤 채, 엄마가 차례로 뚝뚝 떼어서 주면 세상에서 제일 행복하고 부자가 된 기분으로 먹었다. 하지만, 언제부터인가 바나나를 두고 우리는 누구도 눈을 반짝이고 미소 짓지 않는다.

바나나는 그대로인데 우리만 변했다.

사람들의 관계에서 상대가 좋아하는 마음이 변하면, 우리는 슬퍼하고 원망한다.

저기 식탁 위에 놓여있는 바나나는 전혀 나를 원망하는 것 같이 보이지 않는다.

그저 바나나로 변함없이 그냥 있다.

어쩌면,

바나나는 나를 좋아하지 않아서일까?

나는 바나나를 좋아하면서 바나나에게 "나를 사랑해?"라고 묻지 않았다.

바나나한테 한 것처럼 그에게 할 수 있었다면,

그저 내가 사랑한 것으로 아프지 않을 수도 있었을까?

그녀가 황당한 이유

어느 날 갑자기 나에게 다른 사람의 목소리가 들리기 시작했다. 멀쩡히 대학을 졸업하고 이래저래 노력해서 B사에 취직도 했다. 손님들도 나를 다 좋아했고 내가 내려 주는 커피가 맛있다고 웃어 주었다. 근데 얼마 전부터 지나가는 낯선 사람들이 꼭 나를 쳐다보고 내 단점들을 뜯어보고 수군거리는 것 같았다. 어느 날 갑자기 그랬다. 황당하다. 나는 나인데 예전과 같은 내가 아니다. 정말 미칠 노릇이다. 이게 어디서부터 잘못된 것인지 모르겠다. 병원에 갔다. 한마디로 실려 갔다. 여러 가지 검사를 한다며 잔뜩 나에게 많은 것들을 물어보았다. 입원을 했다. 그리고 나온 뒤 계속 약을 먹고 있다. 난 그냥 다 알고 있는데 뭔가 제대로 느껴지지 않는다. 이런 나의 알 수 없는 증상들을 의사 선생님은 바이올린의 현이 잘 조율이 되지 않은 상태와 같다고 했다. 조현병이라고 했다. 그저 난 당황스러울 뿐이다. 이렇게 갑자기 망가질 수도 있는 것인가 나 아무 잘못도 하지 않았는데….

그녀의 눈에서 눈물이 하염없이 흐른다.

이상하지 않다. 생각해 보면 이렇게 우리도 억울한 적이 있지 않았는가?

아무 잘못도 없이 황당한 곤란함에 처한 적,

그녀와 온전히 함께하기 위해 좀 더 노력하고 싶다.

그녀에게 좀 더 친절해지고 싶다.

0분 0초

1. 학습된 시간 : 0분 0초

뭔가 순수하고 초월적인 느낌이 드는 건 나만의 생각일지 모른다. 물리적으로 점이라는 면적도 차지하고 있지 않을 것 같다. 그래서 그 순간을 느껴 보는 것이 초월적인 행운을 가져다 줄 것 같다는 생각도 든다. 왠지 00분 01초가 되면 늦은 것 같은 느낌이고 이미 지나가 버린 버스의 뒤꽁무니를 보는 것처럼 아쉽다. 어쨌든, 이렇게 생각하는 것은 내 상상력이 아니라 내가 훈련되어 왔기 때문이다. 시험을 보거나 서류를 제출하거나 면접을 보거나 삶의 중요한 순간에 나는 00분 00초를 잘 지켜야 했으니까. 그래서 그런가 종소리가 울리면 고기를 기다리며 침을 흘리는 파블로프의 개처럼, 00분 00초를 지각해 버린 나의 어깨가 잔뜩 굳어져 있다.

2. 너무 분명한 오차가 없는 정각

너무 빡빡하다고 표현하기도 하고 완벽주의자라고 말하기도 한다. 뭔가 여유 없는 사람처럼 타이트하다. 뭐 그렇다고 매 순간

긴장할 필요는 없다. 하루에 저렇게 정확하고 빡빡하고 여유 없게 느껴지는 00분 00초는 고작 24번뿐이고 나머지의 다양한 시간이 우리에게는 있다. 그리고 그 안에 수많은 기회가 앉아 있다. 친구야, 우리 너무 각 잡으려 말고 자유롭자.

3. 하루에 24번 돌아오는 시각

누워서 빈둥거리다가 침대 옆에 있는 전자시계에 00분 00초가 표시되는 것을 우연히 보게 되면, 정신이 번쩍 들 때가 있다. 뭔가 시작해야 할 것 같다는 느낌, 거룩하게까지 느껴지는 시각이다. 이 특별한 00분 00초는 하루에만도 24번이나 돌아오는데 나는 우연히 몇 번을 본 것이 전부이다. 만약 매 00분 00초를 발견할 수 있다면, 하루 24번이나 새롭게 뭔가를 시작할 수도 있을 것 같은데 말이다.

고단한 행복나무

행. 복. 나. 무.
'해피트리'라는 다이어리 앱을 설치했다.

기능이 간편하다는 점도
여러 명이 함께 쓸 수 있다는 점도
행복이라는 단어가 이름에 들어가 있다는 점도
마음에 쏘옥 들었다.

하지만 기능이 간편하다는 점이 제일 마음에 들었다.
이제 나는 복잡한 것을 찾지 않고 간편한 것을 찾는다는 뜻이다.

고단했다.
너덜너덜 조각조각 얼룩덜룩
꽉 찬 나의 다이어리 속을 살아 내느라,

조마조마 위태위태 뒤죽박죽
꽉 찬 나의 미래에 대한 불안과 함께하느라,

하루도 비어있지 않은 7년의 스케줄을 들여다보며,

허리에 만져지는 오돌토돌한 물집을 만져 보며,

너무 가혹하게도 오늘 문득,

'나는 쉬어야 한다'라는 문장을 나에게 허락했다.

타임머신

별 흥미 없어 하는 프로그램에서 오래전에 유행했던 노래가 흘렀다. 마음 울적한 날에 거리를 걸어도 보았다는 멜로디를 따라 나는 자연스럽게 그때로 와 있다. 나름 괜찮은 몸뚱이를 가지고 있던 그때 스무 살이 그리워진다. 하지만 누가 돌아갈 수 있는 타임머신을 두 대 준다면 일단 나는 주저하겠지만 결국 올라탈 것이다. 그리고 그리운 스무 살보다도 열일곱 살로 돌아갈 것이다.

그때부터라면 정말 인생을 다시 살아볼 만하다고 생각이 들기 때문이다. 그때쯤 작은 나의 선택들이 인생을 꼬아 놓은 발단이라 생각해 왔기 때문이다. 그래. 내 선택들은 그때부터 아주 미세하게 조금씩 조금씩 엇나가고 있었다. 세상만사 다 뒤로 하고 공부만 해야 했는데, 이과를 선택해야 했는데, 어학연수를 떠나야 했는데, 수많은 나의 선택들은 나를 혼란스럽게 만들었고, 수많은 길을 돌아가게 했다. 그런데 꼭 사주팔자를 따라 살아 온 사람처럼, 뭔가 전부터 마치 어떤 걸 선택하든 이 길로 오게 되어 있던 것처럼 난 조금 오래전에 생각했던 나의 모습으로 현재를 살고 있다.

가장 소중한 것

나에게는 가장 소중한 것을 찾는 방법이 있다. 일단 종이를 가로로 두 번 세로로 두 번 접어 자르면 9개의 칸이 나온다. 가운데 나를 적는다. 그리고 나머지 여덟 개의 칸에 내가 생각하는 소중한 것들을 8개 적어 넣는다. 나는 엄마, 동생, 친구, 법정 스님, 내 자격증, 가지고 있는 책, 애인, 스승님을 적었다. 나를 적은 종이를 포함한 9장의 종이를 쫘악 펼쳐 놓았다.

1. "그중에 세 가지를 버린다면 어떤 것들을 버리겠습니까?"
나, 엄마, 동생, 친구, ~~법정 스님~~, ~~내 자격증~~, ~~가지고 있는 책~~, 애인, 스승님
나는 비교적 가벼운 마음으로 미련 없이 버릴 수 있었다.

2. "남은 것 중에 다시 두 가지를 버린다면 어떤 것들을 버리겠습니까?"
나, 엄마, 동생, 친구, ~~애인~~, ~~스승님~~
이번에는 정말 갈등이 심했다. 죄책감까지 들었다. 그래도 꼭

두 가지를 버려야 한다고 하니 그렇게 보냈다.

3. "남은 것 중에 다시 두 가지를 버린다면 어떤 것들을 버리
겠습니까?"
나, 엄마, ~~동생, 친구~~

4. "남은 둘 중에 한 가지를 택하십시오. 그것이 당신에게 가
장 소중한 것입니다."
한참 생각하다가 선택했다. 너무 너무 미안했지만 그래도 이
해해 줄 것 같았다.
나, ~~엄마~~

가장 소중한 것, 나.

검버섯

어느 날 아침에 일어나 거울을 보니 오른쪽 눈 아래에 갈색 점이 꽤 크게 생겼다. 그냥 지내보려 했는데 꽤나 신경에 거슬려 피부과에 갔다. 의사 선생님 말이 검버섯이란다. 아. 검버섯. 할아버지가 되어야 생기는 줄로만 알았던 것이 내 얼굴에 뙇 있다.

늙는다는 것, 당연한 사실이다. 이 자연스러움을 받아들이지 않으려 나는 '관리'를 해야 한다고 생각했다. 이마에 눈을 움직이며 생긴 세 줄의 주름을 펴기 위해 주사를 맞고 검버섯을 지우기 위해 따닥따닥 레이저 시술을 하기로 하고 거금을 썼다. 그런데 몇 달이 지난 지금 검버섯과 이마의 세 줄 주름은 여전히 나와 함께하고 있다.

어쩌면 늙는다는 것은 당연한 사실인데, 나는 그것을 그 당연한 것을 인정하고 싶지 않았나 보다. 겉으로만 보이지 않게 한다고 이게 될 일인가.

겉모습이 수려하면 순간 마음이 머무른다. 그다음에 그 마음은 마치 내가 다섯 살 때 심사숙고하여 고른 그럴싸한 과자 포장지를 뜯었을 때, 안에 들어있던 별사탕 두 개처럼 실망으로 바뀌는 경우가 많다.

어쩌면, 다섯 살 때 우리는 모든 것을 이미 배웠다는 말이 맞는 것 같다.

밤

꽤 죽이 잘 맞는 친구가 있다. 띵동하고 메시지가 왔다. 영혜
다. 요즘 미라클 모닝이 유행이라던데 나에게 하고 있냐고 물었다.

한 20년 전쯤인가 그때는 아침형 인간이라는 책이 유행했었는
데 그때 난 그거 하다가 결국 이틀 내내 잠만 잤던 게 생각이 난
다. 그때 영혜는 나더러 미련하다고 구박하며 내 스타일이 아니라
고 너는 밤에 더 팔팔한 것 같다고 그랬다. 사실은 난 밤이 좋다.
내 가슴이 콩닥콩닥 뛰는 느낌도 밤에 더 생생하고, 내 모든 계획
도 밤에 다 세우고, 아무에게도 방해받지 않고 오롯이 나 홀로 편
안함을 누릴 수 있는 시간. 영혜 말대로 난 밤에 더 맞는 인간인
것 같다. 아무리 유행이라도 나는 미라클 모닝을 하지 않을 것이다.

그래,
어쩌면, 나는 수많은 나만의 밤 동안에 나의 미래를 만들었다.
나의 모든 밤은 미라클이었다.
또 기적의 순간이 아니면 뭐 좀 어떤가.

내가 지나왔던 모든 밤들이 나로서 지금-여기에 있다.

어떤 채용 공고

우리 회사에 지원해 주세요.

업계 최고의 급여 수준을 싫어하시는 분은

지원하지 말고 지금 당장 이 채용 공고를 닫아 버리세요.

균형 잡힌 워라벨과 자유로운 조직 문화를 사랑하시는 분이면

바로 그 회사가 우리 회사입니다.

실적만을 강조하는 회사,

개인의 삶의 질을 떨어뜨립니다.

흔히 말하는 '라떼꼰대'가 없는 회사는

행복이라고 생각합니다.

상사의 비위를 잘 맞추는 것은

전혀 필요 없습니다.

다양한 개성과 능력을 가진 사람,

당신의 선택을 믿습니다.

세상은 거꾸로 보면 보이지 않던 것들이 새로이 보인다는 그 말이

정말이다.

거꾸로 읽어 보면 새로이 보인다.

위험한 물건

아주 위험한 물건이다. 내 방에는 정말 많다. 엄마는 저걸 도 대체 다 어디다 쓰냐며, 다 쓰고 있는 것은 맞느냐고 한다.

1. 한국에서는 재료로 돌가루를 넣어서 만드는 경우가 많다.
2. 법대생이 가지고 있는 이것 때문에 절대 건드리면 안 된다.
3. 아동용마저도 딱딱한 것으로 만드는 경우가 대부분이다.
4. 겉보기에는 아주 우아하고 약한 편이어서 위장이 용이하다.
5. 칼이나 총알을 막을 만큼 튼튼하다.
6. 영화에서도 종종 이것으로 상대방을 제압하는 경우가 있다.
7. 이삿짐센터에서는 이것을 은어로 '벽돌'이라고 부른다.

그것은 바로 '책'이다.

우리나라에서는 책을 만드는 종이가 하얀 걸 좋아해서 돌가 루를 많이 넣어서 만든다고 한다.

그래서 더 무겁다고 한다. 예전 TV프로그램인 위기 탈출 넘버 원에서 실험을 했는데 딱딱한 커버의 책이 떨어질 때 모서리에 그

무게와 힘이 한데 집중되기 때문에 아이 정도의 키에서 떨어트려도 사과가 파인다고 한다. 이러한 특성상 어지간한 크기의 하드커버 서적은 사람을 능히 살상할 수 있는 흉기가 될 수 있다. 그렇다면, 정말 법대생이 지니고 다니는 엄청난 두께의 법전은 무기급이다. 아동용 책은 대부분 표지가 하드커버로 딱딱하고, 영화 같은 데서 보면 두꺼운 책은 칼이나 총알을 막기도 한다.

그렇다면, 나에게는 아주 단단한 무기가 저렇게나 많이 있다.

"아직 읽지 못한 책을 읽는 것은 새로운 좋은 친구를 얻는 것과 같고, 이미 읽은 책을 다시 읽는 것은 죽은 친구를 만나는 것과 같다."라는 말이 있다.

그렇다면, 나에게는 아주 든든한 친구가 저렇게나 많이 있다.

나이 사십

우리 너무 서둘러 가지는 않아도 좋다.

빨리 쉬고 싶어서 서두르는 것을 알지만 어찌 여태껏 우리가

그럴 수만 있었는가.

곳곳에 황당한 일들이 종종 있지 않았느냐는 말이다.

생각해 보면 가장 당황스러웠던 건 '응애' 하고 세상에 나왔을

때가 아닌가.

그토록 아무런 준비 없이 훅 나와 버려서 얼마나 곤혹스러웠

는지 모른다.

그래도 우리 그럭저럭 잘 해내서 이제 벌써 불혹이 아닌가.

이제 서두르면 우리가 헤어지는 일밖에 없을는지 모른다.

우리의 인생 안에 있을 많은 것들을 좀 더 찬찬히 보면서 가

봐도 좋다.

내가 한 번도 가 보지 못한 먼 나라의,

나보다 훨씬 훌륭하다는 간디라는 사람이 이런 말을 했다.

인생에는 서두르는 것 말고도 더 많은 것이 있다고.

분명,

인생에는 서두르는 것 말고도 더 많은 것이 있었다.

파도를 부수는 것

파도는 우리가 생각하는 것보다 훨씬 더 강한 에너지를 가지고 있다. 왔다 갔다 하는 파도가 단단하고 큰 바위를 부숴 버리는 것은 모두 다 아는 사실이다. 하지만 때로는 엄청나게 거친 파도가 몰려들어 모든 것을 집어삼키기도 하고 우리가 단단하다고 만들어 놓은 것들을 다 망가뜨려 놓기도 한다. 파도는 정말 성질이 더러워서 한번 성깔을 부리면 우리를 결국 바닥에 털썩 주저앉게 만든다. 즐겁게 즐기는 잔잔한 파도는 자연적으로 형성된 방파제에 의해 약해진 파도가 최종적으로 해변에 도달하는 것이라고 한다. 장구한 세월을 거치면서 모래가 된 해변이나 구멍이 숭숭 뚫린 암석들이 자연 방파제의 역할을 한다. 바닷물이 쉬지 않고 계속 부딪히기 때문에 파도의 힘을 약하게 만드는 방파제는 지속적으로 교체해 주어야 한다. 이 방파제는 물샐틈없이 막아 버리는 것이 아니라 듬성듬성 틈새로 파도를 받아들이면서 파도를 깨뜨려 파도가 안쪽으로 들어올수록 점점 그 힘이 줄어들게 하는 구조이다.

인생의 아주 힘든 순간을 파도에 많이들 비유한다. 힘겨운 삶의 장면을 받아들일 때 이렇게 방파제가 파도를 받아들이듯, 듬성듬성 관대하게 받아들이다 보면 괴로운 순간도 그나마 덜 아프게 느껴지는 것 같다.

항해하는 배가 풍랑을 만난 것처럼 어둡고 흔들리고 부서지는 순간이 올 때 매 순간 좌절하고 주저앉아 버리는가? 많은 파도를 견디고 잔잔한 바닷가일수록 구멍이 숭숭 뚫린 자연 방파제가 있기 마련이다.

인생이 항상 힘이 들고 괴로울 때만 있는 것이 아닌 걸 보면, 아마도 누구나 사람은 자연스럽게 생겨난 자신만의 방파제를 가지고 있는 것이 분명하다.

맥주

나는 술을 좋아한다. 지금은 거의 마시지 않지만, 그러고 보면 술을 좋아했다기보단 술자리가 좋았던 것 같다. 술은 긴장을 풀게 하고, 약간의 속마음도 이야기할 수 있도록 용기를 준다. 조금 쑥스러웠던 이야기도 나눌 수 있어 흔히 끈끈해지는 정도 느껴졌기 때문이다. 나는 소주보다 맥주가 더 좋다. 시원하고 쌉쌀한 것이 맛있다. 그리고 독하지 않다. 어떤 사람들은 취하려고 먹는 건데 배부르고 잘 취하지 않아서 맥주가 싫다고 하지만 나는 분명 술자리를 좋아하는 사람임이 분명하다. 나는 적당한 부드러움만 취하고 느리게 취할 수 있어서 맥주가 좋다. 어쩌면 나의 조절 능력을 침해하지 않는 것이 안전하게 느껴져서일 수도 있다.

사람도 그렇다. 비싸고 독한 술과 같은 사람은 빨리 성공할 수 있을지 몰라도 자기 삶을 균형 있게 조절하기가 쉽지 않다. 하지만 맥주 같은 사람은 부드럽게 스며들고, 마시다가 배부르면 절제할 수 있는 의견과 자유가 있어 유연하다. 솔직해질 수 있고 자유로움 속에서도 조절할 수 있는 사람. 난 그래서 비싸지 않은 적절한 가격에 자유롭고 내가 조절할 수 있는 맥주 같은 사람이 좋다.

영원히 합격할 수 없는 시험

　항상 시험을 치르면 나에게 골탕을 먹이는 과목이 있었다. 평균 60점에다 과목당 40점만 넘으면 되는 시험이었는데 그 한 과목이 이쪽 시험에서도 저쪽 시험에서도 번갈아 가면서 과락이다. 말하기 창피하기도 하지만, 뭐 사실이다. 심지어 이 시험은 기출 문제도 답안도 공개하지 않아 답답하기 짝이 없다. 기초부터 할까 하고 기초에 관련된 책을 4권이나 샀다. (물론 제대로 보지는 못했다.) 어려운 책도 두어 권 있고, 심지어 830페이지가 넘는 책도 있다. (물론 제대로 보지 못했다.) '아! 제대로 보지 못한 것이 문제구나.'

　'책만 제대로 본다고 괜찮을까?', '공부하겠다는 마음만 최선이었던 것이 문제였을까?'

　20대에도 30대에도 40대에도 나는 항상 사랑에 최선을 다했다.
　'마음만 최선이었던 것이 문제였을까?', '제대로 보지 못한 것이 문제였을까?'

기출문제도 없이 정답이 무엇인지 몰라 답답한 시험처럼

어쩌면 영원히 합격할 수 없는 시험처럼

사랑이 나에게 그렇다.

편한 바지

퇴근 후 피곤한 몸을 이끌고 집으로 돌아오자마자 씻고 바로 찾는 것이 내 무릎이 반쯤 온 싸구려 바지이다. 제일 나에게 편안한, 바지 단이 닳아 세탁기에 넣을 때마다 실밥이 자꾸만 풀어진다. 아! 처음부터 싸구려라서 실밥이 풀렸던 것은 아니다. 오래많이 입어서 닳았다. 옷장 속에 큰맘 먹고 산 비싼 추리닝 바지는 일 년에 한 번 갈까 말까 한 회사 워크샵이나 여행에서 입는다. 비슷한 시기에 샀는데 아직도 새것 같다. 그런데 우리는 오해를 한다. 비싼 것이라 곱다고 한다. 비싸고 좋은 바지라서 잘 닳지 않는다고 한다. 하지만 곰곰이 생각해 보면 자주 입지 않아서일 것이다. 그러면 나에게 바지의 역할을 충실히 해 주는 바지는 어떤 바지일까? 나에게 좋은 바지는 입어서 편하고 자주 입을 수 있는 바지이다.

근래에 찾아온 신입 사원의 고민은 사회생활이 잘 맞지 않는다는 것이었다. 사회생활도 내 싸구려 바지처럼 별 기대 없이 우연히 샀는데 많이 입다 보면 편안해지는 바지 같은 것이 아닐까 생각한다. 처음부터 감이 딱 오는 편한 바지를 고를 수 있는 것이 아니라 많이 입어 보고 골라 봐야 하는 것처럼 사회생활도 그런 게 아닐까. 처음부터 싸구려 바지가 싫다면, 당당하게 골라라! 명품 추리닝을 오래 입어 나한테 몸빼 바지보다 더 편안하게 만들면 그만이다.

팔천만 원

우리 동네 골목 옆에 자주 가는 통닭집이 있다. 종종 보이던 아저씨 두 명이 갈 때마다 왼쪽 구석 자리에 앉아 있다. 술이 오른 두 아저씨의 친한 사람 배틀이 시작되었다. 어디에 사는 구의원은 고등학교 동창이고, 사촌 형은 S전자의 부장급이고 저쪽 건너편 재개발 구역의 땅을 대부분 가지고 있는 처가의 삼촌과 아주 친하다는 내용이었고, 이에 질세라 흰 반팔 와이셔츠를 입은 아저씨는 청와대의 경찰부터 불알친구 국회의원까지 거의 대한민국을 두 분이 움직이시는 듯 이야기가 오갔다. 나는 옛날 통닭 한 마리 포장을 기다리며 심심하지 않았던 것 같다. 두 분의 배틀은 그 와이셔츠 아저씨의 벤처 투자사 대표 친구가 밖에 있는 자기의 팔천만 원짜리 차를 뽑아 줬다는, 그렇게 친하다는 말로 한방에 조용해졌다. 순간 나의 마음에도 부럽다는 느낌이 들었다. 얼마 후, 퇴근길에 친구와 옛날 통닭을 사러 들렀는데 아직 팔천만 원짜리 차가 안 보이는 걸 보니 한 분은 아직 도착을 안 하신 모양이고, 아저씨 한 분만 거기 계셨다. 그렇구나 하고 돌아서는데 그 아저씨는 전화를 집어 들더니 "내 돈 빨리 내놔!"라고 소리쳤다. 직감적으로 나는 알 수 있었다. 통닭을 받아들고 집으로 돌아오는 길에 친구에게 그동안의 스토리를 말해 주었다. 이번에 와이셔츠 아저씨의 친한 사람은 팔천만 원을 주지는 않았나 보다. 친구는 가슴살, 나는 다리살로 나누어 통닭을 뜯으면서 "이야~ 친한 사람이 돈이 있으니까. 좋네. 너 나중에 돈 많이 벌어서 나 차 사줘." 하는 나의 말에 친구는 "내 친한 사람이 주식 부자인데 투자해." 하는 바람에 진짜 깔깔 웃었다.

'그 친구는 나의 말에 이렇게 장단을 맞춰 주고 재미없는 얘기에도 웃어 주어 너무 좋습니다.' 나의 친구에 대해 누구에게 이야기할 때, 내가 말을 할 때 세 번을 웃어 주어서 좋다고 숫자를 붙이면 어색하다.

어떤 사람이 친한 사람에 대해 이야기할 때 숫자가 들어가면 정말 친한 사람은 아니라고 생각이 든다. 숫자로 표시할 수 있는 것보다 더 많은, 그 사람이 좋은 이유를 알고 있기 때문이다.

엄마의 꿈

여행을 할 때 숙소가 중요한 사람이 있고, 그냥 식당이 중요한 사람이 있다. 내가 먹을 것을 좋아해서 아마 다른 사람들은 내가 식당이 중요한 사람이라고 생각할지 모르겠지만, 나는 사실 깨끗한 숙소가 더 중요하다.

어릴 때부터 어머니는 항상 모든 것을 줄 세워 깔끔히 각을 맞춰 정리를 했다. 항상 우리 집 바닥은 아주 파리가 미끄러지게 맨들맨들했다. 장마철에도 바닥이 끈적이거나 한 기억은 없었던 것 같다. 엄마가 해 놓은 것을 보면 꼭 예전에 오락게임 테트리스를 보듯 딱딱 맞지 않은 구석이 없다. 나는 당연히 그렇게 하지 않으면 혼이 났다. 원래 정렬하고 똑바로 맞추고 하는 것을 좋아하는 것이려니 원래 성격이려니 생각했다.

이번 엄마 생일날, 함께 밥을 먹으면서 내가 물었다. "엄마는 어떻게 살고 싶었어?" 나이가 일흔이 훌쩍 넘은 어머니는 자유롭게 살고 싶었다고 했다. 어렸을 때부터 무용을 하고 싶었는데 그 이유도 훌훌 자유롭게 춤추며 살고 싶었기 때문이라고 했다. 그렇게 말하는 엄마 눈이 아련해진다. 나도 울컥한다. 그런 엄마는 무엇 때문에 그렇게 각을 맞추고 살았을까 항상 엄마는 반듯했다. 종일 저렇게 치워대면서 여기저기 아프다고 하는 엄마가 이해되지 않았다. 하지만 항상 그 당연했던 편안함과 깔끔함을 누린 것은 우리들이었다. 이제 알 것 같다. 뭐 때문에 그렇게 맨날 쓸고 닦고 정리하냐고 물으니 아주 짧은 대답이 들린다. "엄마니까…."

봄

난 사실 아직도 계절을 느끼기에 어린 나이인가 보다. 봄이 오고 여름이 오고 계절이 바뀌는 것에 대해 별 감흥이 없다. 봄이면 꽃이 핀다고 여름이면 초록이 싱그럽다고 좋아하는 어머니를 보면 이해할 수 없었다. 하물며, 따스한 봄에 사람의 감정이나 마음을 표현하는 그 어떤 문구를 보아도 뭐 그리 따스함을 느끼지 못했다. 내 친구는 나더러 메마른 사람이라고 하면서 웃지만 뭐 그렇다.

지난봄, 집단 상담을 위한 교육에 참여했었다. 거기서는 각자 참여한 사람의 이름을 별칭으로 표기한다. 동등한 존중감을 가지기 위해서이다. 돌아가며 자기소개를 하는데 얼굴이 동그랗고 웃는 모습이 귀여운 분의 별칭이 '마주봄'이었다. 프로그램이 진행되면서 각자의 이야기를 하게 되고 나의 이야기를 하였다. 그때, 그분이 나를 마주 보는 눈빛에서 나는 아주 따뜻함을 경험하게 되었다. 40여 년 살면서 이렇게 따뜻한 봄을 느낀 것은 난생처음이었다.

내 인생에서 아주 따뜻했던 처음의 봄은 '마주봄'이다.

그 누구에게나 가장 따뜻한 어떤 봄이 있을 것이다…. 있다….

바로 그때, 때가 된다는 것

오랜만에 한가한 일요일 쌀쌀한 겨울 아침에 목욕탕에 갔다. 조용한 김이 모락모락 나는 탕 안에서 초록색 때수건을 야심 차게 손에 끼우고 문지른다. 때가 제법이다. 집에서 할 때랑은 역시 다르다. 이게 오른쪽은 잘 되는데 왼쪽은 때가 잘 밀리지 않는다. 똑같이 온탕 속에 있었던 두 다리인데 같은 조건인데 양쪽이 다르다. 왼쪽은 슬쩍 꾀를 부리며 대충 포기한다.

내가 원하는 때에 도전한 것을 가지지 못하고 실패했다고 좌절했을 때, 뭔가 나는 안 된다고 생각하고 포기하려 할 때 나에게 '때가 아니어서 그래', '때가 되면 다 돼'라고 했다. 같은 조건에서도 이렇게 때가 되지 않으면 이쪽은 괜찮고 저쪽은 어렵고 불편한 것이다. 우리가 새로운 문을 열려고 할 때 술술 밀리지 않으면 때가 되지 않은 것이 분명하다.

한 끗 차이

사람들은 와서 나에게 많은 고민을 나눈다. 가장 많은 이야기 중 하나가 '열등감이 있어요', 다른 하나가 '자존감이 낮아요'이다.

상담을 처음 배우기 시작할 때 교수님이 그러셨다. "열등감과 자존감은 한 끗 차이예요. 열등감은 상대방을 기준으로 보는 것이고 자존감은 나를 기준으로 보는 겁니다. 열등감, 자존감, 자신감, 자존심은 어떤 차이가 있을까요?" 아. 첫 학기 이런 기본적인 것도 모른다고 하면 자존심이 상할까 봐 재빨리 책상 구석에 스마트폰을 열어 검색한다.

'열등감이란 다른 사람에 비하여 자기는 뒤떨어졌다거나 자기에게는 능력이 없다고 생각하는 만성적인 감정 또는 의식이고, 자존감은 자아존중감이라고도 하는데 자신이 사랑받을 만한 가치가 있는 소중한 존재이고 어떤 성과를 이루어 낼 만한 유능한 사람이라고 믿는 마음을 말한다.

자존심과 자존감은 모두 자신을 좋게 평가하고 사랑하는 마음이다. 그러나 자존심은 타인과의 경쟁 속에서 얻는 긍정이며 자존감은 자신의 있는 그대로를 받아들이는 긍정이다. 이에 따라 자존심은 끝없이 타인과 경쟁해야 존재할 수 있으며 패배할 경우 무한정 곤두박질친다. 반면 자존감은 자신에 대한 확고한 사랑과 믿음이기에 경쟁 상황에 따라 급격히 변하지 않는다.'

아랫눈으로 쓰윽 읽고 나를 시킬까 봐 조마조마하게 앉아 있었다. 아니나 다를까. 차이를 어떻게 생각하는지 말해 보라고 하신다. "음. 이렇게 버벅거리면서 많은 사람 앞에서 말하니까 자존감이 낮아지는 것 같아요." 교수님은 말씀하신다. 나는 이전에도 지금도 이미 충분히 존중받고 사랑받을 만한 가치가 있는 사람이라고. 아 또 그렇게 들으니까 정말 내가 충분히 그런 사람임을 느낀다.

사람은 그 존재 자체만으로 아름답다.

객관적인 기준

분명한 발음으로 또박또박 특히 타인의 의견에 반대 의견을 내면서 목소리를 높여 말한다.

'객관적으로 볼 때'라는 말을 쓴다. 이 말을 들을 때면 항상 나는 불편함을 느낀다.

세상에나 마상에나.

대체 이 세상에 자신 있게 그 하나가 '객관적'이라고 아주 딱 부러지게 말하는 사람들을 보면 정말 용기 있는 것처럼 느껴진다.

'객관적으로 볼 때'라는 말은 이미 주관적이다. 그 객관적이라는 것은 본인이 생각하기에 옳다고 생각하는 기준이다. 내가 이렇게 말하면 법이 그렇다고 말을 하는데 그 법 역시 영화의 제목처럼 그때는 맞고 지금은 틀릴 수 있는 것이다.

누구나 자신이 생각하는 기준에 약간의 도덕성을 살짝 한 스푼 넣어 계속 객관적이라고 하니 답답할 노릇이다. 그냥 주장만 하면 되는데 또 상대가 나의 객관적 기준에 못 미친다고 막 화를 낸다. 사람은 다 다르다. 뭐 동의하는 사람도 있겠지만 아닌 사람도 있다. 객관적이라고 말하고 상대방의 입을 막아 버리지 말고 의견이 다르면 제발 들어 주자. 물어 주자. 그리고 말해 주자. 다른 의견도 얼마든지 자유롭게 말할 수 있고 들을 준비가 되어 있다고. 그것도 따뜻한 눈빛으로.

완벽주의

　나른한 오후다. 내담자가 오기를 기다리고 있는데 유리문 앞쪽에 그림자가 멈춰 있다. 문을 열어 볼까 하는 생각과 함께 몸을 일으키려고 하면서 시계를 보니 4시 59분이다. 정확히 5시에 '똑똑' 하더니 한 여자가 들어온다. 얼굴이 조그맣고 깔끔하게 머리를 뒤로 묶고 똘망똘망한 눈으로 나를 바라본다. 이 여자의 고민은 무슨 일을 맡으면 너무 완벽하게 꼼꼼히 챙기느라고 기한을 넘겨 버리는 일이 계속된다는 것이다.

　이런 부분은 흔히 사람들이 '강박'이나 '결정 장애'라고도 말하는 그것이다. 교과서에 따르면 강박성 성격 장애는 지나치게 완벽주의적이고 세부적인 사항에 집착하며 과도한 성취지향성과 인색함을 특징적으로 나타내는 성격 장애로 주로 성인 초기에 시작된다고 한다. 물론 하나의 모습만 가지고 강박성 성격 장애라고 진단을 내리거나 규정할 수는 없고 세부 항목 8가지 중에 4개 이상을 충족해야 진단할 수 있다. 하지만 종종 뭔가 완벽히 해내지 않으면 안 될 것 같고, 도태될 것 같고, 다른 사람이 비웃거나 비난할 것 같고, 인정받지 못할 것 같은 불안함은 보통 사람들이 한 번쯤 느껴보았을 수 있는 감정이다.

적어도 나는 그렇다. 지금 이 글을 쓰는 중에도 그렇다.

마치 내가 이미 작가가 되어 버린 것 같은 그럴싸한 폼이지만, 글이 형편없게 느껴진다. 사실 한 달 정도만 더 주어지면 정말 잘 다듬을 수 있을 것 같다는 아쉬움이 든다. 하지만 한편으로는 뭐 한 달이라는 시간이 충분할까 생각도 든다.

나는 생각한다. 내가 글쓰기를 시작한 건 무엇 때문인가. 나의 완벽함을 알리기 위해서인가. 아니다. 사실 내가 행복하고자 시작한 글쓰기이다. 내담자들과 나누는 소중한 감동의 순간들, 그리고 세상이 나의 소중한 내담자들을 향해 가지는 편견들이 조금이라도 변하기를 원하며. 난 그런 이유로 글쓰기를 마음먹었다. 내가 한 달을 더 손보고 아주 깔끔하게 다듬지 않았다고 해서, 완벽한 글이 아니라고 해서 지금의 마음이 부족한가. 이렇게 물음을 하고 나니 세상에 인정받지 않아도 우리가 함께 간직하고 싶었던 그 마음으로 충분하다는 것을 깨닫는다. 가끔 나의 내담자들은 나에게 이렇게 말한다.

"선생님도 저처럼 그런 마음을 가지고 계시다니 놀랍고 왠지 안심이 됩니다."

그러니 이런 마음이 생긴다. 나 완벽하지 않아서 정말 다행이다.

그리고 다시 묻는다.

그런데 무엇 때문에 당신은 그렇게 완벽해지고 싶었냐고 말이다.

그렇게 그녀와 나의 이야기는 다시 시작된다.

짭조름한 사람

그때가 몇 살이었더라 스타벅스가 한국으로 들어온 지 얼마 안 되었던 것 같다. 사실 나는 중학교 때부터 커피를 마시기 시작했는데 그때부터 나는 블랙으로 커피를 고집했다. 단순히 겉멋이 들어서라기보다는 우유 맛을 싫어했기 때문이다. 뭔가 섞이면 본연의 맛을 잃는다. 그러고 보니 커피만이 아니라 음식도 그렇다. 나물이나 야채도 심지어는 고기도 나는 소금이나 후추 정도로만 간이 된 것이 좋고 재운 고기보다는 생고기가 더 좋다. 본연의 맛을 느끼는 것이 그것의 진정한 본질을 느끼는 기분이 든다. 그리고 무엇보다 맛도 있다.

사람도 그렇다. 특히, 뭔가 치장하고 덮어서 그 사람의 날것을 볼 수 없는 완벽한 사람보다 좀 허술하더라도 있는 그대로 내 옆에서 약간의 소금만 친 짭조름한 맛처럼 함께 해 주기를 소망한다.

곰팡이

아주 기겁을 한다. 화장실 샤워기를 걸어 두는 벽과 바닥이 연결되는 그곳에 또 곰팡이가 났다. 없애도 또 생긴다. 사실 곰팡이는 어디에서나 서식하는 존재라서 늘 함께 생활할 수밖에 없는데 왕창 성장하지 않는 한 사람이 맨눈으로 볼 수 없어서 그냥 눈치채지 못하고 지낼 뿐이라고 한다. 또 곰팡이가 서식하기 좋은 환경은 습기가 많은 곳이라고 한다.

아. 눈치챘다. 습기를 없애야 한다. 습기를 없애는 데는 여러 가지 방법이 검색된다. 양초 켜기, 숯, 커피 찌꺼기, 굵은 소금 놓기, 마른걸레로 수시로 닦기 등등이 있지만 난 꽤 게으른 편이라 매번 갈아 놓기가 쉽지 않다. 그중 단연 눈길을 끄는 방법은 '선풍기 켜기'였다. 즉, 바람이 잘 통하게 하라는 것이다.

사람의 관계라는 것도 그렇다.

나의 상담실에 찾아오는 분 중에 꽤 큰 비중을 차지하는 고민 하나가 '집착'이다. 우리는 좋아하는 사람하고는 아주 가까이 지내고 싶어 한다. 나는 묻는다. 그 사람에게 '집착'하는 어떤 이유가 있을 텐데 무엇 때문이라고 생각하시나요? 반 이상의 사람들은 이렇게 대답한다. 좋아하고 사랑하기 때문에, '관심'이 있으니까.

받는 사람은 관심이 아니라 집착이라 괴롭다고 하고 주는 사람은 집착이 아니라 관심이라 서운하다고 한다. 그럼 과연 관심과 집착의 그 미묘한 경계선을 알아차리는 것이 중요해진다. 내 생각에는 그건 적당한 거리이다. 사랑하는 사이에 형식적이거나 먼 거리를 두자는 것이 아니다.

'당신과 나 사이에 거리가 있어야 당신과 나 사이로 바람이 분다.'

이런 시의 한 구절이 있다.

그와 나 사이에, 그녀와 나 사이에 곰팡이가 피어나지 않으려면, 너와 나 사이에 바람이 지나가는 자리 정도는 두어야 한다.

아. 혹시 곰팡이가 생겼더라도 락스로 싹싹 지우고 다시 통풍이 되게 하면 예방할 수 있다고 하니 너무 실망할 필요는 없다.

노련하고 미련한 달팽이

아침에 눈을 떠서 침대에서 뒹굴면서 인터넷 기사들을 보는 것이 나의 루틴이다. 어떤 환경 운동가가 쓴 글을 보게 되었다. '나쁜 것은 빠르고 착한 것은 느리다'라는 제목의 글이었는데 코로나 바이러스가 퍼지는 속도와 산호 백화 현상을 이야기하며 안타까움을 쓴 글이다. 요즘 세상은 정말 착하지 않다. 우리가 따라잡을 새도 없이 엄청나게 빠른 속도로 달려가고 있다. 이것이 나온 다음 또 이것, 쏟아져 나오는 최신 기기들을 따라잡기도 버겁다. 그래서 그런지 난 버거워하는 사람들을 많이 만나고 있다.

다시 광고가 보인다. '심리상담사 1급 자격증 5주 만에 취득 방법' 그렇게 보면 내가 상담사가 되는 과정은 정말 거북이 정도가 아니라 달팽이 수준이다.

그냥 나는 그랬다. 난 7년도 넘게 걸렸고 진행형이다. 느림보 달팽이처럼 하나하나 온몸으로 땅을 밀고 움직이는 동안 옆에 있는 작은 돌멩이도 거대한 벽과 같이 보여서 꿈찔 놀라며 돌아돌아 지금 여기에 왔다.

정말이지 난 이제는 길이 없을 것 같아서 목 놓아 울며 포기할 것이라고 애꿎은 베개에 화풀이하며 몇 시간을 싸운 적도 있고, 실수해서 창피했던 경험에 이불킥을 하느라 이불이 닳아버릴 지경인 데다 응시하는 중요한 시험은 한 번에 붙지 못하고 꼭 한 번씩 재수를 하는 바람에 세상의 모든 행운은 나를 비껴가는 것이라고 원망도 했다. 또 천재처럼 상담 연구 논문을 귀신같이 술술 잘 써 나가는 선생님들을 보며 열등감에 휩싸여서 자존감이 쪼그라든 적도 있다.

대부분 열심히 하면 원하는 결과를 얻기도 하지만 또 열심히만 한다고 다 되는 것이 아니라는 것도 달팽이처럼 온몸으로 뒹굴면서 나아가 보니 알게 되었다. 그래서 난 내담자들에게 노력해 보라는 말을 잘 하지 않는다. 나에게 오는 사람들은 이미 해 볼 만큼 해보고 왔다고 생각하기 때문이다.

여튼 세상에서 지치거나 상처받은 사람들이 안식처로 삼아 작은 희망을 가지고 찾는 사람이 상담사이다. 뭐 꼭 그렇지 않더라도 적어도 사람의 마음을 다루는 것은 매우 신중하고도 신중한 일이어야 한다. 어떤 구절로 비추어, 한 사람의 아주 소중하고 특별한 인생이 나에게 오는 것이기 때문이라고 하면 좀 더 와 닿을까? 다른 사람의 마음을 듣고 조력을 하려면 갖추어야 하는 최소한의 예의라고 생각한다. 그래서 나는 미련한 달팽이를 선택했다. 대학원에서 최소 석사를 마치고 최소 3년 이상의 1,000시간이 넘는 수련을 하고, 논문도 쓰고, 또 1년에 한 번밖에 없는 기출문제와 시험 범위가 정해지지 않은 필기시험을 통과하고, 기라성 같은 그 분야 최고의 전문가들 앞에서 상담을 시연하는 면접을 보기도 한다,

그래 뭐 이런 과정들은 마음을 먹는다면 누구나 도전할 수 있고 할 수 있지만 사실 아주 고단한 과정인 것은 사실이다. 학력이 중요한 것은 아니다. 이 수많은 과정은 정말 참음과 견딤의 연속이다. 이러한 훈련은 수많은 다양한 사연 속에서 내담자와 함께 버티는 힘을 가지는 것으로 나에게는 가장 큰 힘이 되었다.

이미 떠나 놓쳐버린 버스의 뒤꽁무니를 보고 낙담하던
미련한 달팽이 같은 내가 아직도 나는 이 과정들을 견디며 살아남아 있다.
그래서 난 이제 조금은 노련해진 미련한 달팽이가 되었다.

나의 고군분투가 희망이 되기를 기도한다.

어디선가 들었던 문구를
나와 함께하는 그리고 함께할 내담자들과 나누고 싶다.

적어도 여러분이 이 세상에 지쳐
고개를 떨구고 앉아 있느라 다시 오는 버스를 놓치는 일은 없도록 하자고.

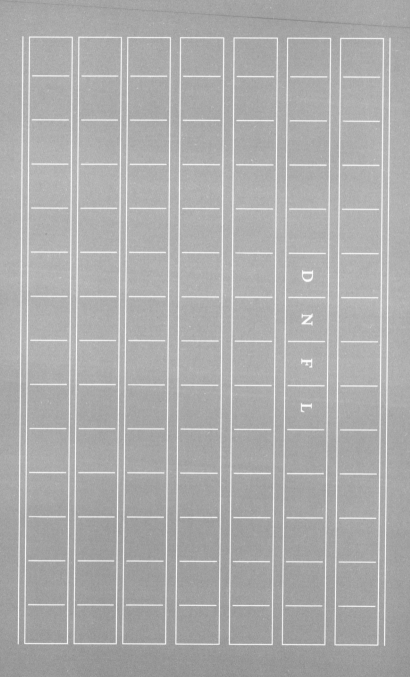

DNFL

"우리 글 써서 책 한번 내 볼까?"

약 2년 전 친구들과 스터디를 하면서 막연하게 얘기했던 그 한마디. 그 한
마디 말을 시작으로 일주일에 한 번 우리는 꾸준하게 글을 쓰기 시작했습
니다. 기획자, 디자이너, 개발자 그 누구도 글쓰기와 관련 있는 사람은 없었
지만, 그럼에도 출간이라는 하나의 꿈을 목표로 꾸준하게 써 왔던 글들을
하나하나 모아 어느새 독자님들께도 들려줄 수 있게 됐습니다.

비슷하면서도 다른 고민을 갖고 있는 동갑내기 친구인 '우리'의 사랑과 관계
에 대한 이야기, 한번 들어 보실래요?

브런치 먹으러 갈래?

"내일 브런치 먹으러 갈래?"

연애를 시작한 지 얼마 되지 않았던 금요일 저녁, 당연스럽게도 주말에 만날 궁리를 하고 있던 나에게 너의 반가운 제안이 찾아왔다. 너도 나를 만나려고 생각했다는 것에 왠지 모르게 신이 났고, 연신 속으로 "당연하지!"를 외쳤지만, 이런 방정맞은 모습을 들키고 싶지 않아서 약간의 텀을 두고 답장을 하려고 했다. 그러나 그런 네가 너무 좋아서, 감정이 통통 튀어올라 "완전 좋아!!!"라며 답장을 보냈다.

답장과 동시에 컴퓨터 앞에 앉아서 '브런치 맛집'을 검색해 본다. 그리고 가장 예뻐 보이고 평점이 높은 맛집을 추려 보냈고 너에게서도 답장이 온다. 잠깐의 고민과 토론 끝에 결정된 장소, 어떤 게 가장 맛있어 보이냐는 물음에 그제야 메뉴를 살펴 본다. 메뉴에는 이국에서 건너 온 낯선 이름의 향연이 펼쳐져 있었고 사진 속에 있는 메뉴들과 어색한 눈인사를 나누었지만 멀게 느껴졌다.

'에그 인 헬? 이른 오후부터 먹기에는 지옥에 있는 계란은 부담스러운데…?'

'에그 베네딕트는 또 뭐야?'

'수프 주제에… 샐러드 주제에… 고기보다 비싸다니!'

집에서 어제 먹다 남은 반찬과 국물에 밥 말아 먹고, 가끔 짜장면이나 피자 따위를 먹으며 사치를 부리는 것, 나에게 있어서 브런치란 딱 이 정도였다. 이런 내가 서양에서 건너 온 단어만큼 낯선 향이 느껴지는 비싼 브런치를 직접 접하려고 하니 약간의 거부감이 들었다. 하지만 아무렴 어떤가 너와의 데이트인데. 어떤 게 맛있어 보이냐는 물음에는 샌드위치나 토스트는 너무 가벼워 보였고, 그래서 괜히 이름이 길고 있어 보이는 듯한 '연어와 리코타 치즈 샐러드'를 자신 있게 외쳤다.

약속 당일의 이른 오후, 햇살에 비춰 쓸데없이 찬연한 '연어와 리코타 치즈 샐러드'와 처음 눈인사를 나누었을 때, 예고되어 있던 어색함은 현실이 되어 눈앞에 나타났다. 널브러진 채소들과 조각난 연어, 약간의 견과류와 시리얼이 뿌려져 있고, 그 사이 리코타 치즈 한 덩어리가 하얗고 몽그랗게 피어 있었다. 그 옆 작은 그릇 안에 담긴 드레싱 소스는 처음부터 샐러드에 뿌려져 있지 않고 왜 따로 주는 건지 알 수 없다.

음식 사진을 찍는 취미는 없다. 하지만 맞은편에서 혼자 연신 사진을 찍고 있는 네가 혹시라도 민망해하지 않게 몇 장의 사진을 같이 찍어 본다. 음식 사진이 예쁜지 어떤지에 대해서는 잘 모르지만, 괜히 찍은 사진을 보여달라 하고 구체적인 이유를 만들어가며 예쁘다는 말을 너에게 건넨다. 잠깐의 포토 타임이 지나간 이후 익숙한 젓가락과 숟가락이 아닌 양손에 포크와 나이프를 움켜쥔다.

눈앞에 던져진 음식 앞으로 경계심을 유지한 채, 살금살금 다가가는 길고양이와 같이 천천히 포크와 나이프로 채소와 연어를 건들여 본다. 잠시 주위 사람들이 먹는 모습을 둘러본 후 샐러드 위에 드레싱 소스를 뿌려 골고루 섞어 준다. 그런 다음 눈앞에 놓인 재료들을 포크 위에 하나하나 정성 들여 탑을 쌓고 마지막으로 리코타 치즈를 위에 얹어 주고 나서야 입으로 넣을 준비가 완료됐다.

한 입에 털어 넣기 약간은 부담스러운 크기의 탑 앞에서, 조금은 경건한 마음으로, 무너지지 않게 정확히 응시하고, 살짝은 떨리는 손, 심호흡…. 까지는 필요 없고 이내 입안에 털어 넣는다. 그런 모습이 재미있다는 듯 "왜 그렇게 힘들게 먹어." 말하며 네가 웃었고, 입안 가득 샐러드를 넣은 채 웅얼거리며 "그러게." 대답하며 웃었다.

이렇게 먹다가는 먹으면서 소화가 다 될 것만 같다는 생각이 들었고, 탑 쌓아 먹는 걸 포기하고 하나씩 집어먹다 보니 한 접시를 다 비웠다. 나의 첫 브런치는 발사믹 소스의, 조금은 시큼하지만 달달한 맛이었다.

분홍빛 물든 빨래

옷에는 내가 담겨 있다.

그 옷을 고른 나의 취향이 담겨 있다.

점심에 튀긴 빨간 국물 자국이 담겨 있다.

하루 동안 흘린 땀방울이 담겨 있다.

그리고 가슴 속 안겨 있던 너의 흔적이 남아 있다.

옷 속에 그날의 추억이 머문다.

하루, 이틀 추억이 빨래통 안으로 하나 둘 쌓여 간다.

맑은 하늘과 커피향이 감도는 토요일 오전

쌓여 있는 하얀 옷가지를 세탁기 속으로 털어 넣는다.

과거를 지워 줄 마법의 가루와 추억에 덧댈 향을 붓는다.

맑은 물이 조금씩 옷가지를 적시더니

이내 빙글빙글 춤을 추기 시작한다.

맑았던 물이 회색빛으로 물든다.

그 안에서 추억을 머금은 거품이 피었다 지며

집안 곳곳 익숙한 향이 스며든다.

서먹한 회색빛 소용돌이 속에서

분홍색 손수건 하나가 수줍은 듯 고개를 내민다.

급하게 정지 버튼을 눌러 꺼내어 보지만

하얀 옷 곳곳에 옅은 분홍빛 물이 들었다.

씻어지는 추억 속에 분홍빛 물들이는 너를 보며 웃음이 났다.

네가 없는 곳에서도 너로 물든 나

지워지지 않을 얼룩 하나가 수줍게 물들었다.

어쨌든, 많이 좋아해

맑은 하늘의 평화로운 주말. 유리컵에 담긴 시원한 녹차라떼와 아이스커피 한 잔, 그 사이에 놓인 부드러운 에그타르트 하나를 둔 채 익선동 카페에 앉아 있다. 북적이는 사람들과 백색 소음 속에서도 여유롭기만 하다. 그런 여유를 즐기는 것도 잠시, 갑자기 들이닥친 여자친구의 한 마디.

"나 좋아해?"

"그럼! 당연히 좋아하지!"

이런 질문은 뜸들여 대답하는 순간 평화는 깨지고 비상령이 선포된다. 다행히도 몇 번의 연애 경험을 통해 이러한 사실을 알고 있던 나는 숨도 쉬지 않고 대답하며 위기를 넘겼다. 위기를 극복했다고 생각한 것도 잠시.

"그럼 얼마큼? 어디가 좋은데?"

오늘은 쉽게 물러서지 않을 계획인 거 같다. 유리 컵 표면에

맺힌 방울 하나가 난처한 듯 톡 하고 흘러내린다. 그 순간 번쩍이며 떠오른 드라마 속 대사 하나.

"그냥 너라서 좋아!"

드라마 속 주인공이 여유로운 모습으로 미소와 함께 날리는 심쿵 대사. 비록 다급하고 어색한 미소를 흘리며 던진 말이지만 얼마나 명확하고 간결한 말인가! 스스로의 대답에 감탄하며 표정을 살폈지만…. 이런 말로 만족시킬 수 있는 건 박서준, 박보검 정도는 돼야 가능한 일인가 보다.

다급해진 마음, 녹차라떼를 한 입 가득 머금고 시간을 벌어 본다. 이내 들이닥친 적군의 동태를 살피고 온갖 예뻐 보이는 단어를 퍼붓는다.

"일단… 눈이 예쁘고 맑아서 좋아! 또 웃는 모습이 예쁘고 옆에 있으면 좋은 향이나!"

표정은 나쁘지 않으나 아직은 부족한 듯하다. 너무 외적인 얘기만 하면 속물처럼 보일 수 있으니 이번엔 다른 쪽으로 공략해 보자.

"취향도 잘 맞고 배려해 주는 모습이 좋고, 무엇보다 같이 있으면 편안하고 행복한 느낌이 들어!"

이 정도면 충분하다는 생각이 들었지만 여전히 바라보는 눈빛이 물러날 생각이 없는 듯하다. 더 이상 떠오르는 말도 없어서 조급해진 마음에 애꿎은 에그타르트를 한 입 덥석 물어 무겁게 삼킨다.

"음…. 지금 너랑 이렇게 마주 앉아서 커피 마시는 것도 좋고, 같이 걷는 것도 좋고……. 어쨌든 많이 좋아해!"

잠시 생각하는 듯 한 표정. 이내 100% 만족하는 것처럼 보이지는 않지만 노력이 가상해 보였는지 물러나 주는 듯 했다. 그제서야 안도감을 느끼며 여유롭게 녹차라떼를 한 모금 마신다.

예고 없는 습격이 조금 얄미웠지만 어쨌든 오늘의 평화를 지켰다. 한 입 남은 에그타르트를 털어 넣고 소심한 복수의 한 마디를 준비한다.

"너는?"

소소하고 사사로운, 예쁨의 발견

가끔 이유 없이 처지고 우울해질 때면 나만의 기분 해소법을 쓴다.

이런 날이면 얼굴이 굳어 있는 게 느껴지는데 그때마다 양 볼 가득 바람을 넣거나 얼굴을 마음껏 꾸깃거리며 풀어 주다 보면 기분이 한결 나아지는 듯한 느낌이 든다. 특히 요즘은 밖에 있을 때도 항상 마스크를 쓰고 다니니까 어디서든 기분이 처지면 마스크 속에 숨어서 남 눈치 볼 필요 없이 실룩거리며 표정을 지을 수 있다. 처지거나 우울해지는 것을 금방 해소할 수 있어서 그리 나쁘지는 않은 것 같다.

일상 속에서 이런 작은 만족감과 사소한 것들이 쌓여 행복을 느끼게 해 주는 것 같다.

나에게 있어서 행복이라는 단어는 소소하고 사사로운 것에 가깝다. 커다란 행복은 오히려 사랑, 성취, 극복, 만족, 충만 등 다른 단어와 어울리는 것 같다. 또 발견이라는 단어도 그런데, 큰 발견은 깨달음, 통찰, 각성 등의 단어가 더 좋아 보인다. 행복은 발견되어야 보이고 발견은 작고 개인적이어서 행복을 주는 것 같다. 많은 사람이 행복의 발견이라는 말을 자주 사용하는 것을 보면 이런 생각을 가진 게 나뿐만은 아닌 것 같다. 그래서인지 행복과 밀접한 관계가 있는 이 발견이라는 단어를 좋아한다.

그럼에도 가끔 행복은 사소한 것들의 발견이라는 것을 종종 잊고 사는 것 같다. 물론 역사에 획을 그을 커다란 발견도 있지만 우리가 일상에서 마주하는 발견은 사소한 것들이다.

가령 맑은 날 산책하다 해맑게 뛰노는 아이들을 보며 웃음 짓고,
카페에서 흘러나온 옛 노래에 스며들기도 하며,
친구의 말을 듣고 발견한 밤 특유의 습기 머금은 향이 좋아지고,
연인의 웃을 때 생기는 귀여운 보조개와 같이 변한 건 없지만 발견해 내는 것.
이때 느끼는 감정은 순간의 소중한 감정이기에 와락거리며 다가온다.

물론 모든 발견이 행복을 주는 건 아니지만(자고 일어나니 갑자기 솟아오른 여드름을 발견하는 것과 같이…), 내가 좋아하는 이 단어를 되도록 행복과 연결 지어 사용하고 싶다.

벽에 새긴 흐릿한 이름

　대학생 시절 DSLR 카메라를 구매했었다. 친구들과 놀거나 데이트 비용으로 쓸 용돈 정도만 주말 아르바이트를 통해 벌었던 시기라 DSLR은 구매하기 많이 부담스러운 가격이었다. 그럼에도 구매하기로 마음먹었던 가장 큰 이유는 청춘(?)의 흔적을 남기고 싶은 욕망 때문이었던 것 같다. 당시 새로운 장소와 경험에 대한 갈망(청춘이잖아!)은 높지만 익숙한 곳을 벗어날 용기가 부족했고 무엇보다 사귀고 있던 여자친구는 집순이라 휴일에도 동네를 벗어나는 일이 거의 없었다. 이런 상황에서 DSLR은 어떠한 계기가 되어 새롭고 아름다운 곳으로 나를 이끌어 줄 것만 같았다. 그렇게 비싼 DSLR 카메라를 구매하게 되었고 틈만 나면 카메라를 들고 다니며 사진을 찍었다.

　핸드폰 카메라에 비해 몇 배는 어려운 조작법과 몇 시간씩 짊어지고 돌아다니면 은근히 어깨가 쑤실 정도의 무게. 하지만 찍었던 사진을 시간 날 때마다 돌려보고, 친구들과 사진을 공유하며 기억을 다시 떠올려 보는 것이 나에게 있어 하나의 행복이었다.

그런 DSLR과 함께하며 행복한 추억을 새긴 장소 중 한 곳이 이화 벽화 마을이다.

혜화역은 이전에도 가끔 와본 적은 있지만 벽화 마을을 가 본 것은 그날이 처음이었다. 새로운 장소에 대한 설렘과 더불어, 오랜만에 여자친구와의 집 근처를 벗어난 데이트에 마음이 들떴다. 그렇게 도착한 이화 벽화마을은 기대한 만큼의 예쁨을 담고 있었고 날씨가 좋은 탓인지 꽤나 많은 사람으로 북적였다. 나도 카메라를 꺼내 들고 마치 전문 포토그래퍼라도 된 듯 발끝 하나 손끝 하나까지 자세를 코칭해 주며 열심히 여자친구의 모습을 사진 속에 담았다. 밝고 재미있게 때로는 분위기 있고 감성적이게 사진을 찍어 봤지만 우리에게 잘 어울리는 사진은 감성보다는 밝고 재미있는 모습이었다. 그렇게 찍은 사진 속에서 내가 좋아했던 여자친구의 환하게 웃는 모습과 그때 생기는 인디언 보조개가 잘 담긴 사진 한 장을 얻을 수 있었고 그 사진은 한동안 내 카톡 프로필로 설정되어 있었다.

사진을 찍던 중 유독 낙서가 많은 벽 하나를 발견했다. 호랑이는 죽어서 가죽을 남기고 사람은 이름을 남긴다고 했던가, 많은 사람이 자신이 다녀간 흔적을 남겨 놨다. 평소 같으면 그냥 보고 지나갔을 흔한 벽이었지만 그날 기분이 좋아서였던 걸까, 여자친구가 가방에서 볼펜을 꺼내 들더니 벽에 우리 이름을 새겨 넣기 시작했다. 두꺼운 보드마카나 네임펜이 아닌 작은 볼펜으로 벽에 이름을 새겨 넣기란 쉽지 않아 보였다. 그래도 꾸역꾸역 이름을 적고는 다음에 같이 이곳에 와서 잘 남아 있는지 확인해 보자고 했다. 볼펜으로 흐릿하게 적어 놓은 이름은 비라도 오면 금세 지워질 것 같아 불안했고 지워진다는 것이 아쉬워 카메라 메모리 속에 이름 적힌 벽을 새겨 놓았다.

하지만 시간이 지나고 여느 첫사랑이 그러하듯, 우리 이름을 새긴 그 벽을 함께 확인하는 일은 일어나지 않았다. '분명 지워졌을 거야'라는 생각, '그때 지워지지 않게 조금 더 꾹꾹 눌러서 썼다면 어땠을까'라는 후회만 남긴 채 혼자서 다시 그곳을 찾아가 확인하는 일 또한 없었다.

그렇게 기억 저편에 잊혀져 가던 추억을 먼지 쌓인 가방 속 DSLR 카메라에 남아 있는 사진을 통해 다시 떠올렸다. 무척 행복했던 그날이 가장 가슴 아픈 기억이 되었다가 이제는 행복했던 그 시절의 추억으로 남아 괜스레 따뜻하게 느껴지는 오늘. 그날의 추억은 희미하지만 여전히 지워지지 않은 채 따뜻하게 남아있다.

영수증

널브러진 책상을 정리하다 발견한 영수증 하나.

반반족발(대) 1개   32,000원

주먹밥 1개   3,000원

소주 2개   8,000원

ㅡㅡㅡㅡㅡㅡㅡㅡㅡ

합계   43,000원

'내가 족발을 언제 먹었더라…?'

뜬금없이 나타난 영수증 하나에 머리 속 과거의 서랍을 열었다. 영수증에 적힌 날짜는 5월 8일. 오늘 아침에서부터 조금씩 기억을 뒤로 되감아가며 떠올려 보기도 하고, 핸드폰 갤러리 속 사진을 뒤져 보기도 한다. 그러다 문득 머리 속 스쳐 지나가는 한 사람.

'아…! 혹시 걘가…?'

지금은 남이 됐지만 얼마 전까지만 하더라도 연인이었던 그 사람과 족발을 먹었던 기억이 떠올랐다.

　매운 걸 먹지도 못하면서 내가 좋아한다니까 억지로 따라 먹으며 땀을 뻘뻘 흘리던 모습이 떠올랐고 '그땐 그 모습이 정말 예뻤는데. 어쩌다 우리 사이가 이렇게 된 걸까' 하며 조금씩 과거의 향수에 젖어 들었다.

　그렇게 클라우드 속 미처 지우지 못한 채 남아 있는 그녀와 함께 했던 시절의 사진들을 하나씩 꺼내 보기 시작했고 '아… 이 땐 이랬지?', '저 때 정말 즐거웠는데…', '지금 보니까 이런 모습도 있었네?' 등등 점점 추억 속으로 사무쳐 갔다.

　한참을 생각하다 영수증을 바라봤다. 돌아갈 수 없는 씁쓸한 추억을 떠올리게 했지만, 그래도 즐거웠던 그 순간을 다시금 기억나게 해 준 애증의 영수증. 어떤 감성에 젖어 드는 느낌이 들어 구깃한 그 영수증을 여러 각도에서 공들여 촬영을 해 인스타그램 게시물에 올렸다.

　'책상을 정리하다 발견한, 애증의 영수증. 그때 우리 참 좋았었는데… 어쩌다 이렇게 된 걸까. 차마 아직 너를 정리하지 못한 내 마음인 것 같다.'

　그렇게 글을 올리고 나니 조금은 마음이 가벼워진 듯 했고 다시금 책상을 정리하려던 순간, 게시물에 친구의 댓글이 달렸다.

　'저 날 나랑 먹은 거 아니야? 혹시 감성충?'

목도리

겨울이 오면 까슬거리고 답답한 목도리를 착용한다. 패션으로 착용하는 점도 있지만 아마 가장 큰 이유는 매서운 추위를 견디게 해 줄 체감온도 5℃ 상승을 위해서일 것이다.

나는 이런 목도리가 인간관계와도 닮아 있다고 생각한다. 타인과 관계를 맺는 것은 가끔은 문제를 일으켜 까슬거리고 불편하지만 나와 잘 맞는 누군가와 함께했을 때 더 나은 내 모습을 볼 수도 있어서 애써 타인과 좋은 관계를 유지하려고 노력한다. 또한 누구에게나 찾아오는, 시릴 정도로 아픈 마음 속 겨울을 지나 봄이 오기까지 견딜 수 있게 해 주는 것은 곁에서 위로해 주고 함께 버텨 주는 타인이다.

무던히 추운 겨울 한없이 떨어지는 우리의 체온을 유지해 주는 건 불편하지만 5℃의 따뜻함을 지닌 타인의 온도이다.

옷걸이

나의 옷걸이는 왜 이럴까?

온라인 쇼핑몰에 들어가 너무나도 근사하다 생각하여 구매한 옷들은 내가 입으면 항상 어색하였고 내 옷이 아님을 단번에 느낄 수 있었다. 그 옷들은 옷을 입은 모델들의 옷걸이가 좋아서, 소위 말하는 모델빨을 받아서 근사한 느낌을 주는 것이었고 그 사실을 깨달은 때는 이미 내가 많은 옷에 돈을 질러 버린 이후였다.

나의 옷걸이는 왜 저 모델들처럼 멋지고, 근사하지 않은 걸까…

이런 모습으로 나를 낳아 주신 부모님을 원망해 본 적도 있지만 그런 생각은 나의 자존감을 더욱더 낮은 곳으로 끌어내릴 뿐이었다. 결국 나의 옷걸이 문제는 해결되지 못한 채… 입대를 맞이하게 되었고 그곳에서는 모두 같은 옷을 입었기에 옷걸이 따위는 아무런 문제가 되지 않았다.

시간이 흘러 옷걸이가 문제 되지 않던 환경은 전역 날과 함께 종료되었다. 그렇게 다시 마주하게 된 나의 옷걸이는 생각보다 괜찮았다. 아니, 생각했던 것 그 이상이었다. 쇼핑몰 모델들이 그러했듯 나의 어깨는 꽤 넓어졌고 출렁이던 배와도 이별하며 주변에서 군대 다녀오더니 몸 좋아졌다는 말들을 심심찮게 들을 수 있었다. 옷걸이가 근사하지 않다며 나를 낳아 주신 부모님을 원망하였던 그 시절을 생각하고 있노라면 나의 얼굴은 지금도 뜨겁게 화끈거린다. 분명 키나 외모처럼 선천적으로 타고나야 하는 어쩔 수 없는 부분들도 있다. 하지만 '자기관리와 옷을 입을 때의 자신감, 그리고 자기만족만큼 나의 옷걸이를 근사하게 빛내 주는 것은 없다'라는 사실을 뒤늦게 깨달았다.

세상에 쉽게 얻어지는 것은 많지 않다. 또한 나의 노력에 따라 바뀔 수 있는 것들이 선천적인 재산보다 훨씬 더 많이 존재한다. 옷걸이 역시 그렇다고 생각한다.

변화하고 싶다면 지금에 안주하지 말자, 다른 이를 탓 하지도 말자.

나는 나일 뿐, 지금 당장 시작하자!

거울

"저기… 누구세요?"

아침에 눈을 뜨고 마주한 반사된 세상 속 나의 모습을 보고 있다가 나도 모르게 어이없는 미소를 지었다. 부스스한 머리와 수척한 얼굴 그리고 잔뜩 부은 나의 눈, 밤새 힘든 사투를 벌였구나….

간밤의 사투로 덕지덕지 붙은 붓기라는 이름의 때를 온몸 흠뻑 뜨끈한 물을 들이부어 하수구 아래로 흘려 보낸 후, 구석구석 물기를 닦아내고 나의 모습을 바라보고 있자니 안도감과 함께 이전과는 다른 느낌의 미소가 피었다.

머리를 말리고 화장품을 얼굴에 바르며 다시 한번 반사된 세상 속 나를 바라본다. 옷을 입을 때에도, 짐을 챙겨 현관 앞에 서는 그 순간까지도…. 난 반사된 세상 속에 갇혀버렸다.

결국 나가야 하는 시간은 다가오고….

"하… 오늘도 난 결국 이 시간에 나가게 되는구나!"

평소보다도 일찍 일어나 준비한 하루였으나 현관 밖을 나서는 시간은 똑같았다. 요즘 사회에서는 스마트폰 중독이 큰 문제라고 하지만 내게는 거울 중독이 더 큰 문제인 것 같다.

오늘도 난 거울 앞에서 너무도 많은 시간을 보냈다.

민트초코는 싫어

"저희 혹시 오늘 저녁은 생선구이 어떨까요?"

석촌호수를 걸으며 저녁 향기 가득 머금고 기분이 좋아진 나에게 그녀는 이제는 허기가 졌는지 저녁 식사 메뉴로 대뜸 생선구이를 제안하였다. 불과 30분 전까지만 해도 아직 배고프지 않다고 말했던 그녀였지만 먼저 저녁 식사 메뉴를 말해 준 걸 보니 나와 같이 있는 시간이 싫지는 않은 모양이다.

내가 그녀와 처음 연락한 건 이틀 전. 이렇게 만나게 될 거라곤 생각조차 하지 못했다. 대뜸 혹시 소개팅 받을 생각 없냐고 물어보는 친구의 연락에 왜일까.

"그래 좋아!"

쉬지 않고 바로 대답해 버렸던 나는 아마 이전의 연애가 이제는 납득되고 잊히기 시작했나 보다. 이미 전력을 소모해 방전을 앞둔 보조 배터리를 꽂고서 조금이라도 충전되길 기다리는 스마트폰 같았던 이전의 연애는, 그렇게 서로를 점점 0에 가깝게 만들었다.

외롭다…. 삶 속 설렘에 대한 갈증이 생기던 와중 친구의 연락은 오래도록 입지 않았던 바지 주머니 속 우연히 발견한 만 원짜리 지폐만큼이나 달콤했다.

소개를 받겠다는 나의 의중을 확인하자마자 친구는 대뜸 나를 새로운 톡방에 초대하고서 "잘해 봐!" 글 하나 남기고 톡방을 나가 버렸다. 갑작스러웠던 친구의 연락처럼 소개 역시 갑작스러웠다. 그렇게 그녀와 난 어색한 연락을 주고받았고, 이틀이 지나 퇴근 후 석촌호수에서 처음 만나게 되었다.

"생선구이 좋아요! 저는 고등어를 좋아하는데 혹시 어떤 생선을 좋아하시나요?"
"저도 고등어를 제일 좋아해요!"

이렇게 시작된 하나의 공통점은 처음 만나 어색한 둘 사이의 벽을 조금씩 허물고 있었다.

"혹시 민트초코 좋아하세요?"
"아니요…. 전 민트초코 극혐해요. 혹시 민초단이신가요?"
"저도 민트초코 극혐해요…. 차라리 양치질을 하면 되지 왜 치약맛 나는 초코를 먹는 건지 이해할 수 없어요."

나도 모르게 목소리 데시벨이 올라갔을까, 그녀는 그렇게 흥분할 정도로 민트초코를 싫어하냐며, 민초단이 아니라 정말 다행이라고 말해 주었다. 그렇게 반 민트초코단이 창설되는 와중 그녀가 물었다.

　　"혹시 연애하게 되면 기념일은 어떻게 챙기시는 편이신가요?"
　　"저는 100일 200일 같은 기념일은 챙기지 않아요. 그렇지만 생일이나 사귀게 된 날처럼 정말 의미 있는 날은 꼭 챙긴답니다."
　　"그러시군요! 저도 그런 편이에요! 그리고 기념일에는 꼭 선물이 필요해요!"

　　대뜸 선물이 필요하다는 그녀의 말에 난 무척이나 당황스러웠다.

　　"어떤 선물이 필요하신가요?"
　　"편지요! 값비싼 선물보다는 상대의 진심이 담긴 편지 하나! 제게 기념일은 그걸로도 충분하답니다."

　　왜일까 그 말을 듣는 순간, 그녀는 내 인생에 없었던 새로운 사람이라는 생각이 들었다.

　　0이었던 내게 다시 불이 들어왔다.

이상한 취미의 알바생

"어서 오세요! 파리바게뜨입니다."

자동문이 열려 하고 있던 정리를 멈추고 활기찬 목소리로 손님께 매장에 들어왔음을 알렸다. 마감이 얼마 남지 않은 시간, 찾아온 손님은 손에 들고 있던 스마트폰을 쟁반 위에 올린 뒤 잠시 망설였다.

'쟁반 위에 유산지를 올리셔야 하는데…'

다행히 손님은 잠시 고민하더니 쟁반 위에 올려놓았던 스마트폰을 가방에 쏙 넣고, 내가 바랐던 대로 유산지 한 장을 쟁반 위에 올린 뒤 집게 하나를 쓱 집어 들었다. 마감이 얼마 남지 않아서일까? 평소보다 손님의 동작 하나하나에 더 눈길이 갔다. 얼마 남지 않은 빵들을 향하여 이동하던 손님은 마지막 하나 남은 피자빵 앞에 멈춰 섰다.

'아… 안돼…'

마감 후 가져가려고 했던 나의 피자빵은 그렇게 그분의 집게에 대롱대롱 매달려 나와 눈이 마주쳤다. '오늘도 피자빵은 나와 함께하지 못하는구나…' 싶던 찰나 나의 간절함이 통하였던 걸까?

손님은 피자빵을 다시 제자리에 내려놓으셨다.

"손님, 마감이 얼마 남지 않아 앞쪽 트레이 위에 있는 소보루와 단팥빵은 20%가 할인됩니다!"

더 이상 저 분에게 피자빵을 보여드려서는 안 되겠다…. 친절한 멘트 발사!!! 멘트를 통하여 고객의 동선을 바꾸고자 하였던 나의 전략이 통했던 걸까? 손님은 "와 정말요? 감사합니다!" 하며 소보루와 단팥빵 몇 개를 쟁반 위에 올려놓았다. 순도 100%의 친절함이 담긴 멘트는 아니었지만, 이렇게 손님이 나의 멘트를 듣고 물건을 구매하게 되었을 때의 짜릿함은 이루 말할 수 없이 기쁘다. 이런 짜릿함은 처음 시작한 알바였지만, 날 이곳에서 1년이라는 긴 시간 동안 있을 수 있게끔 해 주었다. 매장을 한 바퀴 돌아 식빵과 샌드위치까지 한 가득 쟁반 위에 올린 손님은 마감 시간 나타나 큰 금액을 계산할 귀인이셨다.

"직원 분이 친절하셔서 제가 너무 많이 구매해 버렸네요."
"감사합니다…."

손님의 말 한마디에 나도 모르게 얼굴이 빨갛게 달아올랐다. 이번에는 순도 100%의 친절함을 드려야겠다는 생각에 난 잽싸게 트레이 앞쪽으로 달려가 할인되는 빵 몇 개를 더 가져왔다.

"이건 사장님 몰래 고객님께 드리는 서비스니 어디 가서 말씀하시면 안 됩니다."

오는 게 있으면 가는 게 있다고 했던가 손님의 따뜻한 말 한마
디가 나의 순도 100% 호의를 끌어냈다. 늦은 저녁, 매장 안에는
따뜻한 기운이 감돌았고 나와 손님은 화기애애한 분위기 속 인사
를 나누며 계산을 마쳤다.

"감사합니다, 안녕히 가세요!"

봉지 한 가득 손에 든 손님은 매장을 나가다 갑자기 멈춰 섰다.

"저 혹시 영수증 주셨었나요?"
"아니요…. 혹시 영수증이 꼭 필요하실까요?"
"네, 물론이죠. 혹시 안되나요?"
"아닙니다…."

난 아쉬움에 마음이 울컥했다. 오늘 하루 알바를 시작하며 영
수증을 받아 가지 않았던 손님들 덕분에 한 번도 끊어지지 않았
던 줄줄이 연결된 영수증이 오늘 하루 기쁨을 느끼게 해 준 손님
의 요구로 뚝 하고 끊어질 위기에 처했다.

'이게 여기서 끊어지면 나에게 분명 불행이 찾아오겠지… 아
아… 안돼!'

드득.

취향

우리에게는 모두 취향이 있다.

하지만 그 취향은 같지 않다.

내가 좋아하는 걸 타인도 항상 좋아해 준다면, 또 그게 내가 좋아하는 사람이라면 너무나도 좋겠지만 아쉽게도 우리는 각자 다른 환경 속에서 살아왔고 그 속에서 각각의 데이터를 쌓아 올려 지금의 자신을 만들었다.

혹시 자신의 취향을 숨겨본 적이 있는가? 사회 초년생인 난 특히 취향을 먼저 공개하는 편이 아니었다. 어떤 점심 메뉴가 먹고 싶냐는 상사의 말에 선뜻 '나의 취향을 싫어하면 어떻게 하지?'라는 생각을 하기 일쑤였고, "저는 아무거나 다 좋은데 혹시 어떤 게 드시고 싶으세요?"라고 대답하였다. 나를 타인의 취향에 맞추었다. 그리고 그게 마음이 편하였다. 하지만 그 모습은 타인에게 담을 쌓는 모습이었던 거 같다.

그 당시 상사가 좋아하는 음식을 나는 알고 있었지만, 그는 내가 좋아하는 것에 대해 알지 못하였다. 타인도 나의 취향을 이해하며 더 친해지고 싶고 배려해 주고 싶었을 텐데 말이다. 그에게 나는 너무나도 어려운 사람이었겠지…. 다행히 지금의 나는 내 취향을 당당하게 이야기하는 때가 더 많다.

이러한 모습은 연인관계에서도 볼 수 있다. 아무리 상대방을 좋아한다고 하여도 무조건 한 사람의 취향에 맞추는 것은 오히려 마이너스라 생각한다. 그녀가 나에게 맞춰 주기만 한다고 생각하니 상상만으로도 부담스럽다. 다행히도 나와 그녀는 각자 다른 취향을 가졌지만 한 사람의 취향에 무조건 맞추는 관계를 선호하지는 않는다.

오히려 '다름'이 가까워지는 계기를 만들어 주기도 하며 '같음'보다 편안하다.

사랑이 보이는 순간

한바탕 비가 왔다. 나뭇잎 사이사이 맺혀 있는 빗방울, 축축한 땅 내음, 빠르게 흘러가는 강물, 강물에 비치는 도시의 빛들. 어둑어둑 저녁이 되니 모든 생명들은 색을 잃었다. 그럴싸한 비유들이 머릿속을 떠다닐 때, 검은 실루엣이 시야에 들어왔다. 단발 머리에 무릎까지 오는 검은색 원피스를 입은 여자. 짧은 머리에 흰 셔츠를 입은 남자. 그들은 어색한 공기 속에 나란히 걷고 있다. 느려지는 걸음, 걸을 때 마다 부딪히는 어깨, 잔잔한 웃음소리. 남자의 왼손엔 아직 물기가 마르지 않은 우산이 들려 있다.

달빛이 그들을 찾아온 지금, 사랑이 보이는 순간이다.

우리

〈임예주〉는 끝없이 생각하는 사람이다. 워낙 걱정도 많은 터라, 조각나 있는 생각들을 정리할 시간도 필요하다. 완벽하고 싶지만 또 그럴 만한 끈기는 없다. 또 충동적으로 움직이는 것을 좋아하지 않는다.

나는 타인의 감정을 조금 더 예민하게 받아드리는 편이다. 어떤 날은 과몰입해서 탈이 난 적도 있다. 항상 비슷한 텐션을 지키려고 하지만 관계에 있어서 감정을 컨트롤하기 어렵다. 감수성이 풍부해서 비 오기 전 흙냄새라든지, 여름 밤 공기라든지 낯간지러운 것들도 좋아한다. 여기까지가 나의 일관적인 모습들이다.

불교 용어 중에 '시절인연'이라는 게 있다. 누군가와의 인연이 이어지는 것은 어느 한 시절에 머물러 있어 내가 아무리 붙잡으려 노력해도 그 시절이 끝나면 멀어질 수밖에 없다. 또 굳이 애쓰지 않아도 만나게 될 인연은 언젠가 다시 만나게 된다고 했다.

앞으로 우리는 수도 없이 많은 '우리' 안에 오고 갈 것이다. 때로는 후회로, 때로는 아쉬움이 남겠지만 한 시절이 지나 끝나 버린 관계는 기꺼이 보내 주고 대신 현재에 닿아 있는 인연에게 최선을 다할 것이다. 결국 우리는 누군가의 조각이 모여 스스로가 되고, 또다시 다른 누군가에게 조각이 된다. 서로 다른 시간을 걸어온 너와 내가 '우리'가 되는 것만큼 값진 일이 있을까?

내가 나답게, 당신이 당신답게. 그리고 우리를 우리답게 만드는 것. 그렇게 또 한 시절의 '우리'를 만난다.

그에 관한 이야기

어쨌든, 내가 널 사랑한다는 사실은 변함없다.

내가 좋아하는 그의 눈은 언제나 웃고 있지만 가끔은 다른 생각을 하는 듯 보인다. 그는 대화를 좋아한다. 어떤 주제여도 대화를 잘 이끌어 내는 소질이 있다. 가끔은 그 삐죽거리는 입으로 모난 말들을 쏟아 내기도 한다. 그의 곁엔 늘 새벽의 수목이 떠오르는 우드향이 난다. 내가 제일 좋아하는 향이면서 나와는 어울리지 않는 그런 향.

같이 있어도 외로운 순간이 있다. 그는 집요한 구석이 있어 한 가지에 몰두하면 모든 것을 잊곤 한다. 그는 끊임없이 무언가를 생각한다. 삶에 있어서, 관계에 있어서 그는 열망하지 않는다. 그래서 가끔은 이 관계가 언제든지 끊어질 것 같다. 그의 모든 것을 온전히 다 사랑할 수는 없지만, 이 불안 또한 우리의 사랑이겠지.

사랑의 모양은 때로는 뾰족하고, 때로는 동그랗다.

아니면 손에 쥘 수 없는 허상일 수도 있다.

그렇지만, 어쨌든, 내가 널 사랑한다는 사실은 변함없다.

In JEJU

정신 차려보니 서울이 아니었다. 무작정 백팩 하나 메고 제주도로 떠나왔다. 떠나온 건지 도망친 건지 알 길이 없지만, 아무튼 그렇다. "잠시만요, 내릴게요."

버스정류장에 내려 잠시 얼빠진 사람처럼 우두커니 서 있었다. 시계를 보니 벌써 저녁 9시였다. 주변을 두리번대며 예약해둔 숙소를 찾았다. 고개를 들어 보니 30년도 더 되어 보이는 구옥이 눈에 들어왔다. 숙소 바로 앞에 정류장이 있다더니 진짜였네. 대문을 지나 집 안으로 들어갔다. 창호지를 바른 살문이 활짝 열려 있었다. 딸랑- 바람이 불며 신주로 만든 종이 부딪혀 소리를 낸다. 그 소리에 웅크려 있던 고양이가 재빠르게 도망갔다. 젊은 부부가 운영하는 게스트하우스라 그런지 집안 곳곳 애정이 묻어 있었다.

"안녕하세요. 오늘 예약한 사람인데요."

숙소 이용에 대한 이야기를 간략하게 듣고 방으로 들어왔다. 피곤이 몰려왔다. 갈아입을 옷을 침대에 올려놓고 화장실로 갔다.

따뜻한 물로 씻으니 정신이 번쩍 들었다. 언제 서울로 갈지 정하지도 않은 채 편도만 예약하고 훌쩍 떠나 왔다. 어떻게든 되겠지.

만 6년 5개월 하고도 29일이 지났다. 앳된 스물 초반에서 어느덧 서른을 바라보는 나이가 되었다. 좀 더 많은 것을 해 볼 걸, 뭐가 그렇게 두려웠을까? 퇴사를 해보니 이 모든 것들이 부질 없이 느껴졌다. 어느 한 곳에 소속된다는 것은 내게 꽤 큰 의미였지만 그래도 돌이켜보면 후회는 없다.

무작정 떠나온 지금처럼 스물 초반의 앳된 나도 무작정 부딪혔던 것뿐이다. 생각의 소음들에 휩싸여 있을 때쯤 제주의 바람이 방 안으로 들어왔다. 딸랑- 종이 부딪히며 모든 소음들이 고요해졌다. 쓰고 있던 일기를 멈추고 침대에 누웠다. 가만히 바람소리를 귀담아 듣다 스르륵 눈을 감는다.

빨래

재택근무를 하다 보니 자연스레 집안일을 해야 할 때가 많아졌다. 평소에는 하지 않았던 설거지와 빨래는 거의 매일 내 담당이 되었고 내 옷들은 별로 있지도 않은데 이렇게 빨래를 널고 있자니 무언가 억울한 마음이 생겼다. 옷가지 중 특히 동생 옷이 대다수였고 제대로 벗어 놓지 않아 뒤집어진 것도 꽤 있었다. '오늘 꼭 한마디 하고 말리라…' 다짐하며 빨래 너는 것을 그만둘까 생각하였지만, 갑자기 어머니가 생각났고 오늘 동생에게 한마디 해야겠다던 나의 다짐은 눈 녹듯 사라졌다.

어머니는 30년 동안 아무런 말 없이 항상 빨래하고 설거지를 하고 집안일을 하셨다. 난 그녀가 집안일을 하는 것에 대해 '왜 어머니가 하는 걸까?' 의심해 본 적 없었고 그저 당연하다 여겼다.

'어머니도 분명 한 번쯤은 하기 싫다는 생각이 드셨겠지?'

그렇지만 벌써 30년이다. 나는 고작 1년도 채 되지 않는 시간 속에서 짜증을 냈다. 나는 다시 젖은 빨래를 집어 올려 탁! 탁!

턴 후 옷걸이에 고정했다. 어머니는 이렇게 하나하나 옷가지를 널면서 무슨 생각을 하셨을까? 아마도 한 번쯤은 깔끔한 옷을 입고 좋은 향기 속에서 기분 좋게 출근하시는 아버지의 모습과 어느새 훌쩍 커 버린 자식들을 생각하며 뿌듯해하셨으리라 생각한다.

누구의 것이 더 많고 누가 더 이득을 보는지에 대해 따지던 내 모습은 그저 형편없었다. 내가 하지 않으면 결국 어머니가 할 것이고, 좋든 싫든 결국 우리는 같이 사는 한 가족이다.

퇴근 후 널어 놓은 빨래와 정돈된 접시들을 보며 어머니는 고맙다고 말씀하셨고, 아직 벗지 않은 마스크 속에서 씩 웃으셨다. 나는 겨우 이게 뭐라고 고마워하냐며 집안일을 마치고 방으로 들어갔다.

낯선 만남

가을 저녁, 합정역 골목길 어느 식당에 남녀가 앉아 있다. 넓은 테이블에 덩그러니 놓인 작은 컵만큼이나 어색한 둘 사이의 공기. 그 어색함을 이겨 내기 위한 대화가 시작된다. 이름, 나이, 직업, 취미 등 오고 가는 질문과 테이블을 비추는 은은한 스탠드 조명이 마치 서로를 취조하고 있는 듯한 느낌을 주었다. 주문한 메뉴가 나오면서 비어 있던 테이블도 조금씩 채워지고 둘 사이 어색함도 조금씩 가려지는 듯해 보인다. 하지만 높은 가격과 화려한 겉모습에 비해 실속 없는 테이블 위의 파스타 같이 둘 사이의 대화는 끊이지 않았지만 어딘가 비어 있는 듯했다.

집으로 돌아와 냉장고에 있는 맥주 한 캔을 꺼내 방안으로 들어왔다. 가방 속 핸드폰을 꺼내 보니 카톡이 와 있었다.

[오늘 즐거웠어요. 조심해서 들어가요.]

'정말 즐거웠던 걸까?'

방금 전 함께 있던 시간을 떠올려 봤지만 상대도 예의상 하는 말인 것 같다. 서로의 관심사와 성격이 너무 달라, 불편했다. 무수한 질문에 답하느라 진이 빠졌고, 가게 문이 9시에 닫아 일찍 집에 올 수 있었던 게 다행이라고 느껴졌다. 호감형 인상에 대화가 끊기지 않아 나쁘지 않은 정도였을 뿐, 즐거웠던 기억은 되짚어 봐도 없었다.

'그래도 한 번 더 만나 볼까?'

치~이익, 맥주 캔 따는 소리와 함께 지난 연애에 관한 기억들이 이런 생각을 하고 있는 나를 나무라는 듯했다. 이전 연애도 상대방에 대한 설렘이나 호감이 있어서 시작했던 것은 아니었다. 나에게 호감을 보이는 모습에, 시간이 지나면 나도 상대방이 좋아지지 않을까 하는 기대감에 연애를 시작했었다. 하지만 시간이 지나도 상대에 대한 마음에는 어떤 미동도 없었고 그저 그렇게 서로의 시간만 낭비하다 끝난 연애. 지금보다 더 어렸었다면 한 번 만나 볼 수 도 있었을 것 같지만 이제는 그렇게 낭비되는 시간이 아깝게 느껴진다.

이런 생각과 함께 맥주 한 캔을 들이켜고, 상대에게 최대한 정중하게 거절의 의사를 전달했다. 그리고 그대로 침대에 누워 오늘따라 유난히 깊고 어두워 보이는 천장을 바라본다. 급하게 마신 맥주 때문인지 갑자기 취기가 올라 몸이 붕 뜨는 느낌이다. 그렇게 붕 떠있는 채로 끝없이 올라가 내가 사라질 것만 같은 기분. 그렇게 멍하니 누워 있다 보니 떠오르는 잡생각들. 괜히 상대에 대한 미안한 감정과 오늘의 일들, 과거의 기억, 미래의 걱정과 함께 잘 살고 있는 건지에 대한 생각. 잘 산다는 건 어떤 걸까… 등 꼬리를 물고 늘어지는 걱정 아닌 자책. 20대에 꿈꿨던 30대의 내 모습은 이런 모습이 아닌데…. 괜스레 눈가가 뜨거워지는 것 같아 두 눈을 질끈 감아 버린다. 하지만 아무리 이런 생각을 하고 걱정을 해도 지금의 내 상황이 변하지 않는다는 것을 알기에 더 이상의 생각을 멈춘다. 단전에서 끌어올리는 깊은 한숨. 모르긴 해도 그 속에는 독한 알코올과 독기가 가득할 것이다. 행방이 묘연해진 내 연애와 꿈들. 바라고 바래도 닿을 듯 말 듯 이루어지지 않는 것들에 지쳐 더 이상 바라지 않게 돼 버린 것들. 그저 그렇게 오늘 하루도 버텨낸다.

그날 저녁, 감정에 취한 밤

그대는 한순간 나의 모든 것을 헤집고 지나갑니다.

그대는 잠시 나의 곁을 스쳐 지나갔지만
제 손끝, 발끝에는 아직 당신의 향기가 남아
잠시 취해 정신을 잃었습니다.

"취하지 말자 정신 차리자"
다짐했던 저의 모습은 온데간데없고
오늘도 전 정신을 잃었습니다.

어떤 날에 그대는 저를 들었다 놨다 할 수 있을 정도로 힘이 세지만
어떤 날엔 스쳐 지나가는 바람에 생채기가 날 정도로 연약합니다.

그런 당신이 오늘은 단단한 바위라면 좋겠습니다.
그런 당신이 오늘은 상하지 않는 꿀이라면 좋겠습니다.
그런 당신이 오늘은 드넓은 바다라면 좋겠습니다.

오늘의 저는 그대에게 취하지 않을 수 없는 밤을 지새웁니다.

No long copy, Just only boring copy

최근 유튜브 트렌드 리포트를 보며 내 마음을 사로잡은 문구가 있다.

No long copy, Just only boring copy.

아무리 긴 카피라고 할지라도 상대가 길게 느끼지 못한다면 그건 긴 카피가 아니다. 만약 길다 느낀다면 그건 지루한 내용이기 때문이다.

최근 방영된 MBC '놀면 뭐하니'에서 기획된 'MSG워너비'. 2000년대 초중반 발라드에 열광 했었던 우리, 그리고 그때의 향수를 불러일으키기 위해 조직된 프로젝트 그룹인 그들을 위해 당시 SG워너비의 Timeless, 브아솔의 정말 사랑했을까, 백지영의 사랑 안해 등을 작곡했던 박근태 작곡가는 '바라만 본다'라는 곡을 선물하였고, 예고편처럼 잠시 등장한 곡의 1절 가이드는 내 귓속에서 자꾸만 맴돌았다.

음악 전체를 들을 수 없다는 사실과 출연진의 리액션 음성이 포함되어 온전히 푹 빠져 들을 수 없다는 사실을 알고 있음에도 불구하고 난 유튜브에서 '바라만 본다'를 들을 수 있는 클립을 검색하였고 무려 1시간 동안 그 부분만 반복해 들을 수 있는 영상을 발견했다.

그날 온종일이었던 것 같다, 난 아직 채 다듬어지지 않은 음성을 반복 또 반복하였다.

작곡가는 이 음악을 작곡하기 위해 얼마만큼의 시간이 걸렸을까? 물론 이 곡을 들은 모든 사람이 나와 같은 반응을 보이지는 않았을 것이다. 사람마다 각자 개개인의 취향이 있고 특히 음악의 세계에서 장르는 특히 민감하니까…. 2000년대 초중반 이러한 장르의 음악에 푹 빠졌고 지금은 훌쩍 커 버려 사회활동의 주체가 된 내가 다시 듣게 된 그때의 음악은 더욱이 남다른 의미로 다가왔다. 1시간 동안 반복되는 출연진의 같은 리액션과 똑같은 대사 그리고 그 안에서 들려오는 짧은 멜로디는 종일 들었음에도 전혀 지루함이 없었다. 난 지금도 그 멜로디를 흥얼거린다.

기획이라는 일을 하다 보면 아무래도 카피를 써야 할 때가 종종 있다. 나 스스로는 카피를 어느 정도 쓸 줄 안다 자부하지만 (근거는 없다) 분명 아직 부족함이 많다. 유튜브 트렌드 리포트를 보며 앞으로 카피를 작성하기 위해 검토해야 할 나 자신의 새로운 기준이 생겼다.

No long copy,
Just only boring copy.

home sweet home

독립하던 날, 온 가족이 이사를 도와주었다. 6평도 안 되는 좁은 집에 5명이 꾸역꾸역 들어왔다. 각자 소매를 걷어붙이고 빨래며 조립이며 착착 진행해 주었다. 정신없이 방 안쪽에 옷가지가 담긴 박스를 대충 정리하고 나니 가족들은 '잘 살아', '무슨 일 있으면 전화하고' 등의 말들을 건네며 문을 닫고 돌아갔다.

커텐도 뭣도 없는 원룸에 홀로 남았다. 뭐가 됐든 이곳에서 살아야 한다. 약간 두통이 있어 침대 위에 풀썩 누웠다. 여름이라 뜨거운 햇빛이 얼굴에 드리웠다. '아씨 주근깨…' 중얼거리며 탁자 위로 눈을 돌렸다.

종이 한 장이 놓여 있었다. 엄마의 편지였다. 엄마 글씨는 자음 모양이 약간 둥글고 부드럽다.

오랜만에 보는 엄마의 글에 마음이 몽글몽글해졌다. 한 글자 한 글자 빼곡하게 담은 진심이 마음을 울렁이게 한다. 한참을 보다 몸을 일으켜 엄마의 편지를 현관문에 붙여 놓았다. 마치 부적이라도 된 것처럼 이 편지가 나를 지켜 줄 것 같았다. 떨어져 있어도 사랑이 느껴지는 순간. 이것이 나의 첫 독립 일기였다.

취향

밤이 깊어가는 지금, 헤드셋을 끼고 노래를 듣는다.

귀를 부드럽게 감싸는 가죽의 느낌이 좋다.

플레이리스트 중 그날 이끌리는 노래를 선택한다.

선택지는 다양하다. 그날의 감정이 될 수도 있고

떠오르는 사람이 될 수도 있다. 제목이 될 수도 있고

위로받고 싶은 가사일 수도 있다. 음악이 재생되고

세션 하나하나에 귀 기울이면 어느새 주변의 소음은

사라지고 생각도 멈춘다. 온전히 나의 선택으로 이끌어가는

이 분위기가 좋다.

누구나 꿈꾸는 로망이 있다면 나는 내 취향이 가득한 LP판과

플레이어가 구비된 룸을 만들고 싶다.

그곳에서 영화를 볼 수도 있고 오늘처럼 노래를 들을 수도 있다.

시간이 흐를 수록 나의 공간에서 시간을 보내는 일만큼 중요

한 것은 없다고 생각한다.

아주 사소하게 시작된 취향은 하나둘씩 모여 나를 움직이는

원동력이 되었다.

수경

수경을 끼고 물 안으로 들어갔다.

꽤 오래 수경을 방치한 탓인지 앞이 뿌옇게 보였다.

안티포그액으로 수경을 닦았지만 그것도 잠시뿐이었다.

아… 오늘은 그냥 해야겠다.

숨을 참고, 스읍- 물 안에서 손을 뻗고 출발한다.

흐릿했다. 평소에 보이던 것들이 뿌옇게 덩어리로 보인다.

보이지 않으니 생각도 멈추었다. 내가 움직이는 손과 발에만
집중하게 됐다. 팔을 뻗으며 어깨를 길게 밀어 준다.

다시 손바닥 안에 물을 느끼며 잡아 주고, 다시 리커버리
발차기는 아래로 누르는 힘을 생각하며 좀 더 세게 찬다.

물 안에서 내 몸이 유연하게 움직이는 걸 느껴 본다.

평소엔 앞서는 이를 따라잡으려 안간힘을 썼다.

자세가 흐트러지든 말든 괜한 욕심으로 따라잡기 급급했다.

또 뒤에서 쫓아오면 괜히 조급해져 레일을 다 돌지도 못했다.

하지만 보는 것을 멈추니 물 안에서 평화를 느낀다.

잠깐 흐릿해진 순간에 해답을 찾게 된다.

아침과 점심 사이

눈을 뜬다. 아침인지 점심인지, 오늘이 도대체 며칠인지 헷갈릴 때 즈음 핸드폰으로 시계를 본다. 벌써 11시구나. 아직은 아무것도 하고 싶지 않아서 몸을 뒤척거린다. 시야에 들어온 생수병 하나. 물방울이 아래로 톡 떨어진다.

마음이 헛헛하다. 엄마가 차려 준 건강한 밥이 자꾸 생각난다. 매일 아침 7시엔 도마와 칼이 부딪히는 소리가 났고, 칙칙 압력밥솥이 꽤나 시끄럽게 울려댔다. 나물과 김치, 보글보글 찌개와 불고기. 그땐 왜 햄이 없냐고 투덜투덜거렸는데 지금은 저 찬장에 있는 스팸 말고는 반찬이 없다. 그만 먹고 싶다.

아. 엄마가 차려준 밥이 생각나는 게 아니라 그냥 엄마가 보고 싶은가 보다. 또 이렇게 괜한 핑계거리를 찾는다.

몸을 일으킨다. 오늘은 꼭 진짜 우리 집을 가야지. 진짜 밥다운 밥 먹으러 가자.

나의 어제는 글이 되었다

1판 1쇄 인쇄 2021년 10월 20일
1판 1쇄 발행 2021년 10월 27일

지 은 이 김주영, 정물, 김금진(한글씨), 이덕희, DNFL

발 행 인 정영욱
기획편집 유지수
디 자 인 이유진
편집총괄 정영주
제작지원 어효경 ⓦ fast campus

펴낸곳 (주)부크럼
전 화 070-5138-9971~3 (도서기획제작팀)
홈페이지 www.bookrum.co.kr
이메일 editor@bookrum.co.kr
인스타그램 @bookrum.official
블로그 blog.naver.com/s2mfairy
포스트 post.naver.com/s2mfairy

ⓒ 김주영, 정지나, 김금진, 이덕희, 김진혁, 2021
ISBN 979-11-6214-375-9 (03800)